UNTER DEN STERNEN VON THA

Heribert Kurth

Unter den Sternen von Tha

Die Niederschriften zum Fonpo-Rätsel

Heribert Kurth
28. April 2024

AndroSF 105

Heribert Kurth
UNTER DEN STERNEN VON THA
Die Niederschriften zum Fonpo-Rätsel

AndroSF 105

Bibliografische Information der Deutschen Nationalbibliothek
Die Deutsche Nationalbibliothek verzeichnet diese Publikation
in der Deutschen Nationalbibliografie; detaillierte bibliografische Daten sind im Internet über http://dnb.d-nb.de abrufbar.

© dieser Ausgabe: Juni 2020
   *p.*machinery Michael Haitel

Titelbild: Lothar Bauer
Layout & Umschlaggestaltung: global:epropaganda
Lektorat: Michael Haitel
Herstellung: Schaltungsdienst Lange oHG, Berlin

Verlag: *p.*machinery Michael Haitel
Norderweg 31, 25887 Winnert
www.*p*machinery.de
für den Science Fiction Club Deutschland e. V., www.sfcd.eu

ISBN: 978 3 95765 169 3

Heribert Kurth
Unter den Sternen von Tha
Die Niederschriften zum Fonpo-Rätsel

Prolog **11** | Auftakt **12**

Erster Teil
2017 – 3257 **27** | Narration **37** | Ankunft **46**

Zweiter Teil
3682 – 5618 **51** | Narration **54**

Dritter Teil
5800 – 7232 **59** | Parenthese **65** | Veränderung **66**
7233 **67** Sternenlicht **68**

Vierter Teil
7240 – 7821 **73** | Narration **75**

Fünfter Teil
8213 – 9227 **81** | Narration **86**

Sechster Teil
9227 – 12204 **95** | Narration **98**

Siebter Teil
Ttrebi **105** | Dekoration **109**

Achter Teil
396417 – 397400 **113** | Geschichtsstunden **116**
Ausflug **120** | Narration **123**

Neunter Teil
480736 – 499999 **127** | Simulationen? **130**

Sie **139**
Der Baum, erster Teil **143** | Iteration **144**
Der Baum, zweiter Teil **145** | Spaziergang **152**
Ursprünge **155** | Stammscheibe **161**

Zehnter Teil
248217 **165** | Erinnerungen **167** | Es werde Licht! **173**

Fonpo 179

Elfter Teil
Der Tag des Auftrags **185** | Böse Welt! **188** | Sprung **190**
Schöne Welt? **192** | Gondel und Schale **195**
Der *Planet* **197** | *Sie* kommen **198**
Zwölf Tage nach der Übergabe **199**

Nachträgliche Anmerkung der Gesellschaft der
Bevollmächtigten Navigatoren **201**
Ein Epilog? **204** | Der Abend der Übergabe **207**

Ein neuer Prolog?
Elfte Familie der Zeichner **223** | Der Fund **224**

Protokollfragmente,
verfasst und konfiguriert
von Ttrebi H*tr

Prolog

Die letzten Monate haben mir die atemberaubendsten Erkenntnisse jenseits jeglicher Vorstellung beschert. Im folgenden Bericht will ich versuchen, sie noch einmal neu zu betrachten.

Alle Schilderungen, Interpretationen und Überlegungen sind dabei selbstverständlich nur und ausschließlich durch meine eigene Sicht der Dinge geprägt. Sie sind nicht dazu geeignet, sich Überprüfungen auf Vollständigkeit oder Unstimmigkeiten im Detail zu unterwerfen.

Angesichts der Tragweite der uns allen bevorstehenden grundsätzlichen Veränderungen in möglicherweise sämtlichen Aspekten des Lebens sind derartige Prüfungen ohnehin irrelevant.

Auftakt

Verehrter Rezipient und Leser,
 benommen und verstört sitze ich hier und es fällt mir schwer, meine Gedanken von dem zu erlösen, was sich erst vor wenigen Augenblicken einer Enträtselung nicht länger verweigert hat. Ja, ich hätte damit rechnen müssen, dass diesem bizarren und äußerst befremdlichen Wort – falls es denn überhaupt eins ist – eine außergewöhnliche Bedeutung zugeordnet war. Wollte ich es doch nicht zuletzt aus diesem Grunde im übergeordneten Titel für meine Protokolle verwenden.
 Aber so etwas …?
 Ich schaue ein letztes Mal nach oben, vorbei an den scheinbar vergnüglichen blauen Strahlen auf meiner Terrassenkuppel. Zeit, aufzubrechen … und hier und jetzt weiß ich weniger denn je, wie und womit ich beginnen soll.
 Es gibt wohl mehr als nur einen Anfang und ich bemühe mich, den richtigen zu finden. Aber auf der Suche nach einem angemessenen Auftakt gehen meine Gedanken im Grunde genommen immer wieder zurück an jenen schicksalhaften Tag, der dazu führte, dass ich mich auf den Vertrag zu dieser mehr als außergewöhnlichen Auftragsarbeit einließ … damals … vor nicht ganz zwölf Monaten multiversaler Hintergrundzeit.
 Es erscheint mir allerdings so, als wäre eine kleine Ewigkeit vergangen, seitdem mich die Nachricht, die so vieles – wenn nicht sogar alles – in meinem Leben für immer verändern sollte, über den *Dwara-Kommunikator* erreichte.
 Dabei erinnere ich mich daran, als hätte es sich erst vor wenigen Augenblicken ereignet.
 Ich stand kurz davor, die navigationstechnische Verankerung einer von mir neu eingerichteten, multiversalen Verbindungstangente zur Nutzung freizugeben, als der Kommunikator mich mit höchster Dringlichkeit aufforderte, so schnell wie möglich die Projektion zu verlassen.

Es hätte sich *Besuch* angekündigt und meine sofortige Anwesenheit in der Verwaltungszentrale sei unumgänglich und würde keinerlei Aufschub zulassen.

Ich bitte Sie, verehrter Leser, um Nachsicht, dass ich Ihr Einverständnis voraussetze, wenn ich Ihnen im Folgenden die Rolle eines Kommunikationspartners zuteile. In den kommenden Tagen sollen Sie im Geiste meine einzige Bezugsperson sein und ich werde in dieser Zeit versuchen müssen, *einiges* noch einmal einer neuen Bewertung zu unterziehen.

Manches von dem, was ich anschließend darlege, wird Ihnen bekannt und bewusst sein – nicht zuletzt aus den Geschichtsdateien – und es wäre für mich nachvollziehbar, wenn Sie sich schon bald fragen, aus welchem Grund ich eine Vielzahl von offensichtlichen Fakten zusammenfasse. Aber lassen Sie sich bitte von dem Umstand, dass ein anfänglicher Teil meines Ihnen vorliegenden Berichtes den Anschein einer bloßen Aufzählung von historischen Ereignissen erweckt, zu keinen voreiligen und unzutreffenden Schlussfolgerungen verleiten. Es handelt sich hierbei um ausgesuchte Originalbestandteile meiner Auftragsarbeit, deren grundsätzliche Struktur von den Auftraggebern vorgegeben wurde und ich wollte in meinem persönlichen Protokoll nicht auf sie verzichten. Jeder einzelne Passus trägt dabei seine eigene Rechtfertigung in sich. Zwar hadere ich mit mir, ob meine unprätentiöse Aufzählung gleich zu Anfang Ihr Interesse in erforderlichem Maße erwecken kann, aber ich hatte keinen Weg gefunden, die ersten Sequenzen meines Protokolls auf andere Weise zu verfassen, als durch diese Abfolge von Informationen. Weiterhin kann ich Ihnen zum jetzigen Zeitpunkt nicht zusagen, dass ich bei meinen Darstellungen dauerhaft eine chronologische Reihenfolge einzuhalten vermag, weil es mir aus unterschiedlichsten

Gründen nicht möglich war, meine Recherchen als geordnete Ereigniskette durchzuführen.

An einigen Stellen verweise ich auf eine noch verbleibende Zeit bis zur *Übergabe*. Bitte leiten Sie aus diesen Angaben keine grundsätzlichen Rückschlüsse auf das eigentliche Entstehungsdatum der jeweiligen Passagen ab. Ich wollte lediglich verdeutlichen, zu welchem Zeitpunkt ich mich entschlossen habe, sie in meinen Bericht aufzunehmen.

Es hat einen unter Umständen erst später erkennbaren Sinn, dass ich meine Ausarbeitung exakt so aneinanderfüge, wie ich es getan habe. Ich hatte das zwingende Gefühl, es sei richtig so und ich glaubte, dass es mir nur auf diese Weise überhaupt möglich sei, jenen Aspekt darzustellen, auf den alles hinauslaufen wird – ebenso unerwartet und unvorhersehbar wie auch ... beängstigend.

Ich bin sicher, Sie haben Verständnis dafür, dass ich nicht vorgreifen möchte, weshalb ich Sie an dieser Stelle um ein wenig Geduld bitten muss.

Die Ereignisse der jüngsten Vergangenheit veranlassen mich jedenfalls dazu, mir persönlich noch ein letztes Mal Rechenschaft abzulegen, indem ich meine bisherigen Aufzeichnungen erneut hinterfrage. Dabei protokolliere ich dies alles mittlerweile in vielerlei Hinsicht auch für mich selbst, und bevor Sie jetzt weiterlesen, möchte ich Ihnen aufrichtig versichern, dass ich es als ermutigend und äußerst angenehm empfinde, wenn Sie mich bei der Durchsicht meiner Protokolle begleiten und ich Sie an meiner Seite weiß.

Aus diesem Grunde und wohlwissend, wie schwer Ihnen möglicherweise der Zugang zu meinen Aufzeichnungen fallen könnte, rufe ich zunächst noch einmal ins Gedächtnis, dass wir alle seit den frühen Jahren der *Multiversalen Gemeinschaft der Menschheit* nach unserer Geburt ein Geschenk erhalten. Die Gemeinschaft stellt uns ein persönliches Valutaregister von beträchtlichem Umfang und hohem Wert zur Verfügung, mit dessen Hilfe wir ein unabhängiges und zufriedenstellendes Leben in angemessenen Verhältnissen führen können. Das Register gewährleistet unsere Erziehung und Ausbildung, deckt sämtliche Aufwendungen für unser Domizil sowie unseren Lebensunterhalt und stattet uns mit allen Annehmlichkeiten des obligaten Wohlstandes aus.

Die erforderliche Autorisierung zur Verfügungsberechtigung über unterschiedlich große Valutakontingente erfolgt in mehreren Stufen, verteilt über unsere Lebensspanne. Das Register ist unanfechtbar für die Dauer einer durchschnittlichen Lebenserwartung von hundertneunzig Jahren und wird bei Bedarf entsprechend erweitert.

Es handelt sich nicht um ein Geschenk im ursprünglichen Sinne, sondern um eine grundsätzliche Option, die jedem ein gesichertes Leben ermöglicht. Man könnte sie als Existenzobligation bezeichnen und wir begleichen sie im Laufe unseres Lebens durch unsere persönlichen Leistungen. Das Entrichten einer Regulärleistung für die kumulierte Dauer von lediglich fünfundvierzig Jahren ist erforderlich, um unsere materiellen Verpflichtungen der multiversalen Gemeinschaft gegenüber vollständig abzugelten.

Das Recht auf Regulärleistung gehört zu den Existenzrechten und die multiversale Gemeinschaft stellt Betätigungsfelder und Wirkungsbereiche in nahezu unbegrenzter Auswahl und Anzahl zur Verfügung.

Jeder Person des multiversalen Rechts steht die Möglichkeit offen, ihr Leben über die Bemessungen des obligaten Wohlstandes hinaus zu gestalten. Präziser gesagt kann jeder zu jedem Zeitpunkt seines Lebens entscheiden, die Dauer seiner Regulärarbeit zu erweitern. Ungleich wirkungsvoller ist es, sich zusätzliche Qualitäten oder Kompetenzen anzueignen, die zu speziellen Leistungen befähigen und auf unterschiedlichste Weise den Zugriff auf Sondervaluta rechtfertigen.

Wir alle können weitgehend uneingeschränkt darüber bestimmen, wie wir die Dauer unserer Existenz gestalten möchten und wir leben, was die Freiheit der Auswahlmöglichkeiten anbelangt, im interessantesten und vielseitigsten Abschnitt der Menschheitsgeschichte. Selbstverständlich zweifle ich nicht daran, dass Sie, verehrter Leser, all dies wissen. Aber ich halte es für notwendig, allseits bekannte Fakten anzuführen, um Sie auf meine folgende Feststellung vorzubereiten.

Was Sie nämlich nicht wissen – was niemand wusste oder auch nur im Entferntesten für möglich halten konnte – ist, dass uns bereits seit Anbeginn der Menschheitsgeschichte spätestens zum Zeitpunkt unserer Geburt ein wahrhaftiges Geschenk *zugewiesen* wird. Ein Geschenk, gleichermaßen fantastisch wie geheimnisvoll, gänzlich außerhalb unseres Verständnisses und von unvergleichlicher Bedeutung …

Aus welchem Grund ausgerechnet ich dazu berufen bin, diese Dateien zu verfassen? Vermag meine bisherige Lebensführung eine derartige Hervorhebung überhaupt zu rechtfertigen? Ich konnte es zunächst lediglich vermuten – doch scheint es unausweichliche Zusammenhänge zu geben, wie ich im Verlaufe meiner Klausur erkennen sollte, und es bleibt natürlich Ihnen überlassen, zu welcher Schlussfolgerung Sie selbst kommen werden.

Jetzt, nachdem Sie in den Besitz meiner Aufzeichnungen gelangt sind, denke ich allerdings, dass ich Ihnen eine gewisse Vorwarnung schulde, weil es durchaus möglich ist, dass Ihre Entscheidung weiterzulesen für Sie nicht ohne Folgen bleiben wird.

Sie fragen sich, weshalb ich dramatisiere, wo Sie doch noch nicht einmal annähernd wissen, worum es überhaupt geht?

Nun, es war für mich ein wichtiger Bestandteil meiner Vertragsbedingungen, dass mir gestattet wird, meine Überlegungen festzuhalten und zu einem noch nicht definierten Zeitpunkt nach Fertigstellung der Arbeit weiterzugeben, und ich halte es für möglich und wahrscheinlich, dass meine Protokolle von Ihren Gedanken in ähnlicher Weise Besitz ergreifen werden, wie von meinen eigenen, und dass Sie am Ende zutiefst bedauern, wenn sich herausstellt, dass sie sich jeglicher abschließenden Bewertung entziehen. Ich will zwar versuchen, auf alle sich zwangsläufig ergebenden Andeutungen einzugehen und so viele daraus resultierende Fragen wie möglich zu beantworten, allerdings bin ich nicht sicher, ob mir das immer zu Ihrer Zufriedenheit gelingen wird.

Also wappnen Sie sich, denn jetzt haben Sie die Gelegenheit, es sich anders zu überlegen – später werden Sie es möglicherweise kaum mehr können und es ist Ihr Schicksal, mein Zeuge zu sein, wenn ich den Boden unter Ihren Füßen wegziehe.

Aber sofern Sie weiterlesen, so muss ich an dieser Stelle darauf bestehen, dass Sie dem, was ich zu berichten habe, auch gänzlich unvoreingenommen gestatten, sich zu entfalten, was sicherlich nicht immer ganz einfach sein wird.

Ich gebe Ihnen mein Wort, dass Sie es nicht bereuen sollen, Ihre kostbare Zeit zu investieren – wie Sie schon bald selbst erkennen werden.

Meine Protokolle gehen weit zurück bis in das Jahr 2017 AD. In jene Epochen vor der Einführung der multiversalen Hintergrundzeit.

Ein Rover namens *Curiosity* der US-Raumfahrtbehörde NASA führte in diesem Jahr im Rahmen des mehrjährigen Flagship-Programms Erkundigungen und Probebohrungen auf der Oberfläche des Mars durch, dem vierten Planeten des Sonnensystems – dem Heimatsystem der Menschheit.

Obwohl diese Nachricht recht unspektakulär erscheint – selbst im Hinblick auf ihr ungeheuerliches Alter – so wünschen meine Auftraggeber dennoch, dass sie den Beginn der Darstellungen markiert.

Seit elf Monaten arbeite ich jetzt daran, historische Fragmente zu einem Protokoll zusammenzustellen und das an einem Arbeitsplatz, der Ihre Vorstellungskraft, geschätzter Leser, womöglich stark in Anspruch nehmen wird.

Sie wissen noch nicht, wo ich mich befinde, während ich diesen Rapport verfasse, und was ich sehe, wenn ich meine Augen nach oben richte ... auf den Nachthimmel.

Im Jahr 2017 war die Astronomie in ihren Kinderschuhen, doch die systematische Kategorisierung sichtbarer Objekte befand sich bereits im Aufbau. So wäre jemand, der im Jahr 2017 auf der Erde, dem dritten Planeten des Sonnensystems – dem Heimatplaneten der Menschheit – in den Nachthimmel schaute, mithilfe eines damals gebräuchlichen Teleskops in der Lage gewesen, im Sternbild Zentaur einen hellen Schimmer zu erkennen, den die frühen Astronomen mit dem Namen *Shapley-Superhaufen SCI 124* katalogisierten.

Wie bei vielen anderen kosmischen Objekten hat auch diese überlieferte Bezeichnung die Zeit überdauert und sie ist heute neben dem offiziellen Begriff *Rotationsanker Vier* als antike Identifikation durchaus noch gebräuchlich.

Die damaligen althergebrachten Theorien vermuteten, dass die *Lokale Gruppe*, zu der auch unsere Heimatgalaxie gehört, durch den Gravitationseinfluss eines der bedeutendsten Massezentren unseres Universums mit der Bezeichnung *Großer Attraktor* in Bewegung versetzt wird.

Gleichzeitig aber hielt man es für möglich, dass eben dieser Shapley-Superhaufen SCI 124 auf das Zustandekommen der damit verbundenen Bewegungsrichtung einen nicht unerheblichen Einfluss ausübt.

Ja, ich kann natürlich an dieser Stelle sagen, dass die Vermutungen nicht unbegründet waren und sich dann auch sehr viel später im Rahmen der navigationstechnischen Strukturerfassungen unseres Heimatuniversums als zutreffend herausstellen sollten.

Weiterhin ist es nicht zu früh, wenn ich Ihnen, geschätzter Leser, gestehe, dass der Shapley-Superhaufen jenen Ort beheimatet, der in meinem Leben seine jetzige beispiellose Bedeutung erlangen sollte.

Meine aktuellen Kontaktkoordinaten in unserem Heimatuniversum verdeutlichen diese Tatsache eindrucksvoll und ich räume gerne ein, dass ich – obwohl diese Koordinaten demnächst wieder eingezogen werden – gleichermaßen Stolz und Würde empfinde, während ich sie jetzt auflliste:

Struktur:	Rotationsanker 4 – SCI 124 Shapley
Galaxie:	Wun Lia L004
Spiralarm:	Pibra 7
System:	Gaath
Planet:	Tha
Siedlung:	Berdonla Sa*ä
Unterkunft:	Zuteilung 58A11
Dwara-Code:	3.7945-SW ⊢PGT⊣ Strang 2
Name:	Ttrebi H*tr

Nur eine Handvoll Personen wurde darüber informiert, wo ich mich derzeit befinde. Wer sich im System Gaath aufhalten darf, um den Planeten Tha zu besuchen, macht daraus gerne ein vertrauliches Ereignis und ich habe aufgrund meiner Vertragsbedingungen gute Gründe, ebenso zu verfahren.

Der Vollständigkeit wegen gebe ich zu Protokoll, dass ich von einem Menschen des Planeten Erde im Jahr 2017 AD durch siebenhunderteinundsechzig Millionen Lichtjahre Distanz und nahezu fünfhunderttausend Jahre multiversaler Hintergrundzeit getrennt bin.

Wenn ich meine Augen auf den Nachthimmel richte, dann sehe ich die unermessliche, glitzernde Struktur der *Sloan Great Wall* und was das auf Planet Tha bedeutet, kann niemand, der es nicht selbst gesehen hat, sich auch nur annähernd vorstellen.

Tha ist *der* Ausnahmeplanet. Er gehört zu den wenigen bewohnbaren Welten der Galaxie Wun Lia L004 und es ist nahezu unmöglich, hier einen Kontrakt über eine dauerhafte Unterkunft zu schließen.

Mein Kontrakt hat die geradezu unglaubliche Dauer eines Planetenumlaufs um die Sonne Gaath, was ungefähr elf Erdenmonaten entspricht.

Planet Tha ist nicht unbedingt von betörender Schönheit, aber ohne jeglichen Zweifel der exklusivste Ort im uns bekannten Multiversum. Nicht wenige Menschen würden alles geben, um in einer klaren Nacht der *Blüteperiode* auf Tha die Sloan Great Wall mit eigenen Augen zu betrachten.

Ich selbst bin in gewisser Weise aus geschäftlichen Gründen hier. Ich erfülle einen Vertrag und meine Aufgabe ist es, innerhalb eines Planetenumlaufs die kosmische Geschichte der Menschheit – ich zitiere – »in kurzen, strukturierten Fragmenten ansprechend und geradlinig« darzustellen. Der dabei zu protokollierende Zeitraum erscheint auf den ersten Blick unüberschaubar, aber ich sollte sehr schnell feststellen, dass auch eine derartige Zeitspanne sich letzlich aus nichts anderem zusammensetzt, als aus den Spuren aufeinanderfolgender Generationen.

Wie gesagt, ich sollte beginnen mit dem anfangs geschilderten Vorgang auf dem Planeten Mars. Meine Auftraggeber wünschten weiterhin, dass ich nach Möglichkeit auf detaillierte technische Hintergrundinformationen verzichte und mich auf den Verlauf der Entwicklung konzentriere.

Dieser Vorgabe komme ich weitgehend nach, zumal ohnehin nur noch Angehörige der wissenschaftlichen Cluster die technologischen Errungenschaften und Erkenntnisse der Forschung überblicken und schlüssig darstellen können. Was nicht bedeutet, dass ich mich nicht auskenne. Das Gegenteil ist eher der Fall.

Für meine Auftraggeber selbst ist eine Darstellung unserer Technologie bedeutungslos.

Ich halte es für unerlässlich, die ersten gemeinsamen Schritte der Menschheit auf dem Weg zur Eroberung des Sonnensystems sowie einige historische Ereignisse aus diesen Zeiten zu Beginn meiner Zusammenfassungen in recht nah aufeinanderfolgenden Passagen aufzuführen. Ihnen wird in späterem Zusammenhang eine nie und nimmer erwartete befremdliche Bedeutsamkeit auferlegt.

Anschließend finden selbstverständlich jene beiden epochalen Entdeckungen, durch die zunächst interstellare und letztlich intergalaktische Reisen möglich werden sollten, den ihnen zustehenden Platz.

Und ich will Sie auch an den bereits angedeuteten Punkt der Ereignisse führen, an dem Sie, werter Leser, feststellen sollen, dass die mir entgegenstürzende Realität sich jenseits dessen befindet, was ich mit meinen eigenen Worten zu beschreiben vermag.

Angesichts der Größe des zusammenzufassenden Zeitraums habe ich mich – wie von meinen Auftraggebern gewünscht – weitestgehend auf die allerwichtigsten Daten konzentriert. Und einige der denkwürdigsten finden sich in meinen Protokollen wieder.

Meine Aufgabe ist so gut wie abgeschlossen und bald werde ich diesen herrlichen Ort verlassen. Die Auftraggeber der Geschichtsschreibung hatten sich vorbehalten, den Fortgang meiner Arbeit von Zeit zu Zeit *persönlich* in Augenschein zu nehmen, und *ihnen* war sehr daran gelegen, dass ich mich in einer *inspirierenden* Umgebung aufhalte.

Mir war dabei natürlich durchaus bewusst, welche Art von Inspiration gemeint war, und Sie, werter Leser, werden es ebenfalls bald wissen oder haben es, da ich den Namen meines Aufenthaltsortes preisgegeben habe, bereits erkannt.

Sie neutralisierten die Registrierungskosten für meinen Aufenthalt auf Tha, was zu den wenigen Dingen gehört, die mir selbst nicht möglich gewesen wären. Im Grunde genommen äußerten *sie* lediglich den Wunsch, mich dort für die Dauer eines Planetenumlaufs unterzubringen, und dieser Wunsch wurde umgehend, ohne zu fragen und ohne zu zögern erfüllt.

Ein Besuch fand jedoch nie statt, was angesichts des enormen Aufwands, den *ihr* Eintreffen für die gesamte Umgebung des Systems Gaath bedeutet hätte, durchaus verständlich ist.

Allerdings ermöglichten *sie* mir eine Vielzahl von neurografischen Audienzen, um mir die Gelegenheit zu Zwischenberichten zu geben und mich *ihrerseits* mit zusätzlichen Informationen zu unterstützen.

Ich sagte es bereits, Sie können sich nicht annähernd vorstellen, was es bedeutet, auf Tha in den Nachthimmel zu schauen. Ich konnte es vor meiner Ankunft ebenfalls nicht. Sie erheben die Augen und haben das Gefühl, Ihren Schöpfer anzuschauen. Der Anblick zieht Sie in seinen Bann und es ist nahezu körperlich schmerzhaft, sich von ihm zu lösen.

Noch heute, nach einem fast vollendeten Planetenumlauf, sitze ich Abend für Abend ehrfürchtig und dem Anblick verfallen in der Terrassenkuppel meiner Unterkunft und schaue um Fassung ringend nach oben.

Die letzten Tage meines Aufenthalts auf Tha werde ich wohl hauptsächlich damit verbringen, die von mir erstellten Dateien ein weiteres Mal zu überarbeiten, bevor ich sie den Auftraggebern überreiche.

Ja, *sie* werden zur Übergabe nach Tha kommen. Eine verbindliche Ankündigung liegt vor und es sind bereits entsprechende *Vorbereitungen* getroffen worden.

Spiralarm Pibra 7 wird zwar von multiversalen Linienkreuzern und intergalaktischen Sternenschiffen angesteuert, es gibt aber auf Planet Tha lediglich einen einzigen planetarisch begrenzten Transportgenerator, und die Option, aus einem Raumschiff heraus per Transmissionsfeld auf die Oberfläche zu gelangen, wurde kurz nach der Entdeckung des Planeten dauerhaft blockiert.

Wer in seinem Raumkreuzer nicht über ein Landungsschiff mit integrierter Gravitationsspirale verfügt, hat keine Möglichkeit, die Oberfläche von Tha zu erreichen oder von dort wieder zu starten.

Allerdings erhalten ohnehin lediglich Regierungsschiffe und die Transportgesellschaft der Lizenzgeber eine Genehmigung zur Landung. Die geringste Lizenzstufe gilt für einen Aufenthalt von vier Tagen, und sofern es sich nicht um einen offiziellen Forschungsauftrag handelt, ist Privatpersonen hierfür die Entrichtung eines Gegenwertes von zwanzig Jahren Regulärleistung auferlegt. Der Aufenthalt für Privatpersonen ist jedoch ausschließlich außerhalb der Blüteperiode möglich und die Lizenz dazu kann nur dann auch tatsächlich erworben werden, wenn vorher eine Zuteilung durch die Regierung verfügt wurde.

Meine Auftraggeber werden mich auf die gleiche Weise abholen, wie *sie* mich gebracht haben.

Mit einer *ihrer* rätselhaften Raumgondeln.

Anfangs dachte ich, meine Übersicht über die Menschheitsgeschichte könnte zu Schulungszwecken auf allen von *ihnen* besiedelten Objekten zur Veröffentlichung kommen, was für mich persönlich natürlich eine große Ehre darstellen würde.

Ich sehe das mittlerweile anders und erst zum Zeitpunkt der Übergabe werde ich hierüber wohl endgültige Klarheit erhalten und auch erfahren, weshalb *ihre* Wahl für diese Aufgabe auf mich gefallen ist.

Obwohl ich befürchte, es bereits zu ahnen.

Die Übergabe findet statt am siebzehnten Tag des elften Monats im Jahr 19263 nach der Entdeckung von Planet Tha – dem 24. Dezember 499999 AD multiversaler Hintergrundzeit.

Ich bedaure zutiefst, dass ich Tha bald verlassen werde, andererseits gefällt mir die Vorstellung, nach Hause zurückzukehren und möglicherweise mein gewohntes Leben weiterzuführen, mit berauschenden Erinnerungen an meinen langen Aufenthalt.

Was darüber hinaus geschehen könnte, muss ich in diesen Tagen aus meinen Gedanken verbannen.

Zu Hause, das ist die Antlia-Zwerggalaxie, die zu einer kleinen Untergruppe mit der urzeitlichen Klassifizierung NGC

3109 gehört – heute natürlich besser bekannt als *Silberspiegel*, wie wir Antlianer unsere Heimat am äußersten Rand der Lokalen Gruppe nennen.

Der Name der Sonne ist Mentbrega 3. Mein Heimatplanet heißt Wernloga und ich wurde dort geboren und ausgebildet.

Wird es mir gelingen, rechtzeitig zurück zu sein, um an den Feierlichkeiten der fünfhundertsten Jahrtausendwende AD multiversaler Hintergrundzeit teilzunehmen? Daran darf ich jetzt nicht denken, denn es ist an der Zeit, dass ich Ihnen, werter Leser, die einführende Sequenz in einen ersten historischen Überblick öffne.

Erster Teil

**Dreihunderteins Nächte
bis zur Übergabe**

2017 – 3257

2017

Die US-Raumfahrtbehörde NASA erforscht seit nahezu fünf Jahren mit ihrem Rover namens *Curiosity* den Planeten Mars. Untersuchte Proben enthalten Spuren von Metallen aus der Gruppe *Seltene Erden*. Das könnte zukünftigen Missionen zum Mars eine wirtschaftliche Vertretbarkeit verleihen.

2025

Die nächste unbemannte Forschungsmission zum Mars wird von der NASA geplant und vorbereitet, scheitert aber völlig unerwartet an politischem Konsens.

2029

Die CNSA in China plant eine eigene unbemannte Mission zum Mars. Der Name der Mission ist *Shenzhou 16*.

2034

Die bemannte chinesische Sonde *Shenzhou 12* landet auf dem Mond.

2049

Shenzhou 16 kollidiert mit einem Meteoriten und explodiert einundneunzig Stunden nach Verlassen der Erdatmosphäre auf dem Weg zum Mars.

2064

Die neuen G10-Staaten vereinbaren, die Erforschung des Sonnensystems von nun an gemeinsam durchzuführen.

2089

Alle Staaten der Erde beschließen erneut dokumentiert, dass sämtliche Objekte im Weltall, die außerhalb der Erde zum Sonnensystem gehören, als allgemeines Eigentum der gesamten Menschheit betrachtet werden.

2106

Unbemannte Rover der neuen G10-Staaten erkunden den Mars und identifizieren große Vorkommen von Seltenen Erden. Einige Elemente aus der dritten Gruppe des Periodensystems sind mittlerweile wertvoller als Gold oder Platin.

2117

Die Erforschung des Sonnensystems wird unter die Verantwortung der Vereinten Nationen gestellt.

2135

Es gelingt, auf dem Mond Helium 3 zu extrahieren und anschließend zur Erde zu transportieren.

2161

Die Helium-3-Gewinnung auf dem Mond wird industrialisiert.
    Wenig später nimmt man auf der Erde mehrere Helium-3-Fusionsreaktoren in Betrieb.

2196

Die erste bemannte UN-Mission zum Mars startet. Die Rakete wird von einem Fusionsreaktor angetrieben. Die Menschheit nimmt den Planeten Mars offiziell in Besitz.

2245

Luna Stadt ist die erste dauerhafte Niederlassung der Menschheit auf dem Mond. Einwohnerzahl zweihundertneunzig.

2281

Die Länder der Erde bilden für jeden Kontinent eine eigene Regierung. Innerhalb der Kontinente gibt es keine Staaten mehr. Jeder Kontinent behält seine Währungshoheit.

2295

Erbmaterial der gesamten Fauna der Erde sowie Samenvorräte der Flora werden konserviert und auf dem Mond gelagert.

2303

Luna Stadt beherbergt jetzt zehntausend Einwohner.

2317

Siebzehn Milliarden Menschen bevölkern die Erde.

Chromosomenbrand entwickelt sich zur verheerendsten Krankheit der Menschheitsgeschichte und löscht innerhalb von drei Jahren mehr als zwei Drittel der Menschheit aus. Die Population reduziert sich auf fünf Milliarden Menschen. Die Katastrophe ist von unbeschreiblichem Ausmaß. Alle Überlebenden sind gegen die Krankheit immun.

2348

Die Kontinente der Erde bilden einen Zusammenschluss mit einheitlicher Währung. Die Weltregierung nimmt ihre Tätigkeit auf.

2491

Erstmals können kleinere Mengen Seltene Erden auf dem Mars gewonnen werden.

2519

Die erste Siedlung auf dem Mars trägt den Namen *Arena*. Einwohnerzahl fünfzehnhundert.

2535

Luna Stadt ist auf hunderttausend Einwohner angewachsen. Weitere Städte werden errichtet.

2549

Der industrielle Abbau der Seltenen Erden auf dem Mars wird initiiert. Die Einwohnerzahl von *Arena* verdreifacht sich.

2555

Die Weltregierung beruft den Planetarischen Rat, der die Erforschung des Sonnensystems koordiniert und leitet.

2589

Eine systematische Gewinnung der Bodenschätze des Mars beginnt.

2694

Raumstation *Terra 1* wird hundertfünfzigtausend Kilometer jenseits der Mondumlaufbahn errichtet und umkreist die Erde alle sechs Monate.

2706

Drei bemannte Forschungsschiffe der Menschheit durchkreuzen das Sonnensystem. Alle Planeten, Monde, Asteroiden und Kometen werden erkundet. Die Forschungsmissionen haben als äußeres Ziel den *Kuipergürtel*.

2717

Nach elf Jahren kehren die Schiffe zurück zur Erde.
Die Auswertung der gesammelten Daten nimmt Jahrzehnte in Anspruch.

2733

Raumstation Sol 1 wird erbaut. Sie umkreist die Sonne unweit der Umlaufbahn des Merkurs.

2787

Auf Sol 1 gelingt es, Energie aus den koronalen Massenauswürfen der Sonne zu generieren.

2798

Die Errichtung einer Speicherstation auf Sol 1 wird in die Wege geleitet.

2835

Energetische Kompression ermöglicht es, die Speichermedien für die Sonnenenergie auf transportable Ausmaße zu verkleinern.

2863

Komprimierte Sonnenenergie wird auf Terra 2 gelagert.
Terra 2 befindet sich zweihunderttausend Kilometer hinter Terra 1 und wird das größte Energiedepot der Menschheit.
Die Weltbevölkerung überschreitet zwanzig Milliarden.

2952

Erstmals wird erfolgreich ein lokal begrenztes Magnetfeld aufgebaut, welches in der Lage ist, ein kleines Objekt – oder auch ein Raumschiff – vor Strahlung und mechanischen Schäden zu schützen.
Die Gravitationsforschung erhält oberste Priorität.

3034

Nach Jahrzehnten der Forschung steht fest, dass Gravitation sich mit dem der Menschheit zur Verfügung stehenden Wissen nicht abschirmen, beeinflussen oder gar neutralisieren lässt.
Der planetarische Rat beschließt den Bau eines Raumkreuzers für eine bemannte Mission zu *Proxima Centauri*.
Das Schiff erhält eine verkapselte Kommandozentrale, die während der Reise in einem Flüssigkeitstank untergebracht ist, der seinerseits in einer großvolumigen Gelstruktur lagert. Der Komplex rotiert auf einer Magnetschiene um den Schiffsrumpf.
Der Name des Raumkreuzers ist *Proxima*. Er ist in der Lage, sein eigenes Magnetfeld zu erzeugen und mithilfe eines neu entwickelten Kombinationsantriebs erreicht er siebenundvierzig Prozent der Lichtgeschwindigkeit.

3057

Proxima startet von Terra 2 zu einer zwanzig Jahre dauernden Reise. An deren Ende wird feststehen, dass entgegen allen Vermutungen weder Proxima Centauri noch Alpha Centauri A und B echte Planeten besitzen.

3086

Proxima ist zurückgekehrt. Auf der Erde sind allerdings inzwischen nahezu dreißig Jahre vergangen.
Der Planetarische Rat beschließt, jegliche Raumfahrt außerhalb des Sonnensystems bis zur Auswertung der Daten zurückzustellen.

Gleichzeitig wird der Bau von Terra 3 in Auftrag gegeben. Terra 3 wird mit der kompletten der Menschheit zur Verfügung stehenden Forschungstechnologie ausgerüstet und soll jenseits der Umlaufbahn des Pluto um die Sonne kreisen.

3102

Terra 3 wird in seiner Umlaufbahn verankert. Die wechselnde Besatzung besteht aus den besten Wissenschaftlerinnen und Wissenschaftlern der Erde.

Die Technologie der Menschen reicht nicht aus, um sinnvolle Erkundungsflüge im All durchzuführen. Lichtgeschwindigkeit ist nicht annähernd erreichbar. Verfügbare Materialien für die Raumschiffhülle sind gemäß den Berechnungen ohnehin nur bis maximal vierundsiebzig Prozent der Lichtgeschwindigkeit belastbar.

Eine effektive Neutralisation der Beschleunigungskräfte ist weder theoretisch noch praktisch darstellbar. Das Gleiche gilt für Fortbewegung durch Raumkrümmung mithilfe eines künstlichen Gravitationszentrums. Antimaterietechnologie erweist sich als Sackgasse.

Deshalb werden unter Verzicht auf Weltraumexkursionen sämtliche finanziellen Mittel der theoretischen Forschung und Terra 3 zur Verfügung gestellt.

Die Menschheit dürstet geradezu der Beantwortung der Frage nach dem Sinn des Universums und der eigenen Existenz entgegen.

Die Suche nach Planeten, die in einer – aus unserer Sicht – habitablen Zone ihren Heimatstern umkreisen, führt zu keinerlei verwertbaren Resultaten. Es ist bislang nicht gelungen, außerhalb unseres Sonnensystems das für die Entstehung von Leben vermeintlich so wichtige Wasser in flüssiger Form nachzuweisen. Nach wie vor gibt es keine Spuren von extraterrestrischem Leben.

Die Erde beheimatet jetzt fünfundzwanzig Milliarden Menschen. Mehr Leben kann die Erde nicht ernähren. Auswanderer zum Mond oder Mars erhalten hohe Prämien. Riesige Wandlerstationen unterstützen die Atmosphäre der Erde.

Die Bevölkerung des Mondes überschreitet vierzig Millionen. Luna Stadt und andere Städte sind von der Erde aus sichtbar. Weite Mondflächen sind mit durchsichtigen Kuppeln überbaut. In ihnen gedeiht eine großartige Fauna und Flora.
Durch geeignete Technologien können auf dem Mars lokale, magnetfeldgeschützte atmosphärische Bedingungen geschaffen werden. Seine Bevölkerung wächst auf siebzig Millionen. Die von den Menschen importierte Fauna und Flora nimmt die neuen Lebensbedingungen an.
Es steht fest, dass die unmittelbare Zukunft der Konsolidierung des gesamten Sonnensystems dienen muss.

Obwohl es seit den weltweiten Glaubenskonflikten Mitte des 23. Jahrhunderts keine kriegerischen Auseinandersetzungen mehr gegeben hat, verzeichnet die Waffentechnologie eine enorme Entwicklung. Laser, Magnetfeldstrahler und Echofragmentierer haben nahezu alle anderen Waffensysteme verdrängt.
Die Menschheit wäre heute theoretisch in der Lage, sich wirkungsvoll gegen einen Angriff aus dem Weltall zu verteidigen. Es existieren Asteroidenbasen sowie zahlreiche mobile Stationen, ganz zu schweigen von den Abstrahlpunkten auf Terra 1 bis 3, dem Erdenmond und dem Marsmond Phobos.
Es gibt jedoch niemanden, gegen den man sich verteidigen muss. Alle Verteidigungsstationen erhalten ihre Berechtigung dadurch, dass sie jederzeit in der Lage wären, einen Festkörper auf Kollisionskurs mit Erde, Mond oder Mars zu zerstören. Dank der unheimlichen Echofragmentierer selbst dann, wenn er die Größe von Jupiter hätte.

3161

Von Terra 3 erhält die Menschheit Informationen über das Weltall, die niemand für möglich gehalten hätte.
Die neuesten Messgeräte der Station zeichnen eine zarte und subtile Strahlungssignatur auf, die ersten Berechnungen zufolge ihren Ursprung in einer Entfernung von erheblich mehr als sechshundert Milliarden Lichtjahren haben muss. Damit sind sämtliche Theorien über Größe und Beschaffenheit

des Weltalls gegenstandslos geworden und die Menschheit befindet sich wieder am Anfang aller Unwissenheit.

3199

Erste Pläne zur Wiederaufnahme interstellarer Raumfahrt werden vom Planetarischen Rat genehmigt.
Man gibt die Entwicklung eines geeigneten Antriebs in Auftrag.

3257

Alle Bemühungen, einen Raumschiffantrieb zu konstruieren, der einen großen Sternenkreuzer in die Nähe der Lichtgeschwindigkeit bringen könnte, sind erneut gescheitert. Bemannte Sternenschiffe erreichen achtundfünfzig Prozent der Lichtgeschwindigkeit und unbemannte Schiffe sind mit maximal sechsundsechzig Prozent nur unwesentlich schneller. Die Zeitdilatation bleibt unvorhersehbar und nicht kalkulierbar, unabhängig davon, ob sie durch relative Bewegung oder Gravitation ausgelöst wird.

Einstein-Rosen-Brücken existieren nicht.

Eine Exkursion jenseits Proxima Centauri zu Barnards Pfeilstern, Wolf 359, Sirius oder gar Epsilon Eridani und WX Ursae Majoris würde bis zu einem Jahrhundert dauern und ungeheure finanzielle Mittel verschlingen. Und damit hätte sich die Menschheit lediglich fünf parallaktische Sekunden, also nicht wesentlich mehr als sechzehn Lichtjahre, vom eigenen Sonnensystem entfernt.

Sogenannte Generationenschiffe, die einen eigenen Lebensraum für eine große Besatzung darstellen und sich über Hunderte von Jahren im Weltraum bewegen könnten, sind technologisch machbar, aber die praktische Durchführung ist fraglich. Wissenschaftlichen Ausarbeitungen zufolge müssten Generationenschiffe Lebensraum für mindestens tausend Familien bieten, um eine psychische Stabilität der Besatzung zu gewährleisten. Die erforderliche Ökologie und Infrastruktur würde ein gigantisches Raumschiff von nahezu acht Kilometer Länge und tausendfünfhundert Meter Breite und Höhe

erfordern, dessen maximale Geschwindigkeit lediglich neunzehn Prozent der Lichtgeschwindigkeit betragen könnte.
Die Menschheit fühlt sich im Sonnensystem gefangen.

Narration

Ich habe oft darüber nachgedacht, wem es wohl bestimmt sein mag, meine Aufzeichnungen zu lesen und mit welchem Verständnis mein Bericht dann beurteilt wird. Deshalb komme ich nicht umhin, an dieser Stelle noch einige klärende Erläuterungen einzufügen.

Sicherlich ist Ihnen nicht entgangen, dass die bis jetzt dargestellten Fragmente nicht annähernd Aufschluss über die grundsätzliche Entwicklung der Menschheit als Zivilisation geben. Moral, Ethik, Kultur, Kunst, Wirtschaft, Politik, Gesundheitswesen, gesellschaftliches Leben sowie Weltanschauung und religiöse Aspekte sind nicht nur zu kurz geraten, sondern gar nicht enthalten.

Das liegt daran, dass die Vereinbarungen mit meinen Auftraggebern vorsehen, dass ich zu diesen Themen eine separate Chronologie verfasse, welche synchron zu den fragmentierten kosmologischen Meilensteinen der Menschheitsentwicklung verläuft.

Ich bin derzeit noch nicht autorisiert, diese Synchrondatei detailliert zur Verfügung zu stellen.

Was ich sehr bedauere, denn sie ist in vielfältiger Hinsicht gleichermaßen aufschlussreich und erstaunlich, weil – wie Sie ja möglicherweise selbst wissen – die soziologische Entwicklung unserer Rasse etwas anders verlaufen sollte, als man das in den antiken Zeiten zu Beginn meiner Protokolle dachte. Aber das ist – wie gesagt – der Inhalt einer weiteren Ausarbeitung, die ich in den nächsten Tagen ebenfalls zum Abschluss bringen werde.

Gleichwohl bin ich sicher, dass nicht jeder von Ihnen ein Geschichtsexperte sein kann, der mit Ereignissen aus mehr als fünf Jahrhunderttausenden vertraut ist. Darüber hinaus halte ich es durchaus für wahrscheinlich, dass zahlreiche Basisinformationen aus Ihren Erziehungszyklen bereits verblasst sind.

Und je länger und genauer ich darüber nachdenke, glaube ich, dass mir eine Verknüpfung mit einigen ohnehin allgemein zugänglichen historischen Daten möglich sein dürfte, ohne meine Vertragsbedingungen zu verletzen. Aus diesem Grund werde ich von Zeit zu Zeit Bestandteile der Synchrondatei in dieses Dokument einfließen lassen. Sie sind von gewisser Bedeutung für das Verständnis meiner Protokolle.

Also lassen Sie uns an dieser Stelle damit beginnen, gemeinsam zurückzublicken auf unsere Entwicklung – wie ich sie wahrgenommen und bewertet habe – und ich bitte Sie, geschätzter Leser, auch die nun folgenden Passagen zunächst einmal vorbehaltlos entgegenzunehmen.

Mir selbst bleibt keine andere Wahl, als finstere Zeiten aus ihrem Versteck in den Archiven zu heben, denn alles, was geschehen ist, ist geschehen, und vieles von dem, was ich im Folgenden andeute, muss hingenommen werden.

Seit Anbeginn seiner Entwicklungsgeschichte war der Mensch das gefährlichste Raubtier des Planeten Erde. Und nur er sollte sich als der geeignetste Kandidat für einen bahnbrechenden Weg der Evolution erweisen.

Seine aufblühende Intelligenz und alle sich daraus ergebenden Fähigkeiten kompensierten im Verlauf der Jahrhunderttausende Größe, Kraft und Schnelligkeit, um nur einige Eigenschaften zu erwähnen, in denen der Mensch als biologische Einheit nicht mit Vertretern der Tierwelt konkurrieren konnte. Als Tier, ohne die Gabe der anwendbaren Intelligenz, wäre die biologische Form des Menschen wohl nur begrenzt überlebensfähig gewesen.

Ungeachtet der geistigen Entwicklung nahm aber physische Kraft, Schnelligkeit bei der Jagd, das rücksichtslose Durchsetzen der eigenen Interessen und auch brutalste Gewaltbereitschaft in Zeiten des nackten Überlebenskampfes sehr wohl eine wichtige Stellung ein. Es existieren selbstverständlich keinerlei Dokumentationen über die anfänglichen Zeitalter, aber es gilt als sehr wahrscheinlich, dass – ähnlich wie im Tierreich – Überlebensgemeinschaften gegründet wurden, in denen die größten und stärksten Exemplare des frühzeitlichen Menschen das alltägliche Leben dominierten. Die teilweise an Urinstinkte gebundenen und oft unterbewusst ablaufenden Reaktionen und Reflexe zur Sicherung des Überlebens sind dem Homo sapiens mitgegeben auf seinem Weg in die Zukunft.

Der Mensch erreichte dann mit der Zeit eine Entwicklungsstufe, auf der diese Urinstinkte nicht nur nicht mehr lebensentscheidend waren, sondern einer moralischen und ethischen Weiterentwicklung im Wege standen. Er war nicht grundsätzlich der Herr seiner selbst.

Selbstverständlich gab es oberflächlich gesehen die Fähigkeit, abzuwägen, frei zu entscheiden und moralische Prinzipien aufzubauen, aber in entscheidenden Momenten bestimmte nach wie vor das Unterbewusstsein die Reaktionen. Wut und Angst, Ablehnung, Hass und Aggression konnten nur schwer unter Kontrolle gebracht werden. Der Mensch liebäugelte mit der Vorstellung, es sei sein Bestreben, besser zu sein, als er in Wahrheit ist. Aber insgeheim sehnte sich eine unüberschaubare Masse danach, der Rächer zu sein, der am verbrecherischen Abschaum dieser Welt blutige Vergeltung übt. Wehe dem, der es wagte, sich seinen Interessen in den Weg zu stellen.

Niemand ließ mehr aus unwissender Rache an den Naturgewalten das Meer auspeitschen, aber im Namen des Friedens wurde weiterhin gemordet und verwüstet ... und im Namen eines jeden Gottes gemetzelt. Im Namen der Gerechtigkeit wurde unterdrückt. Im Namen der Freundschaft gelogen und betrogen. Und im Namen des Fortschritts und des Profits geschah, was immer man sich vorzustellen vermag.

Menschen waren nur so lange friedfertig, wie es keine Interessenkonflikte gab. Und auf allen Ebenen des Lebens rund um den Globus manifestierten sich verwerflichste Handlungen.

Noch lange nach den beiden schrecklichen Weltkriegen waren die Strafvollzugsanstalten des zwanzigsten und einundzwanzigsten Jahrhunderts voll von Tätern, die abscheulichste Schuld auf sich geladen hatten.

Der Mensch konnte noch immer eine Bestie sein und ist es wohl auch oft genug gewesen. Der größte Feind des Menschen war der Mensch selbst.

Obwohl die Gesetzgebung und die damals vorhandenen moralischen und ethischen Grundsätze ausgereicht hätten, um auf der Erde ein friedfertiges, gerechtes und wohlwollendes Leben zu ermöglichen, war man nahezu unüberbrückbar weit davon entfernt, den bestehenden Gesetzen und selbstverständlichen Grundsätzen auch nur annähernd Geltung zu verschaffen.

Die empfundenen Gegensätze waren zutiefst verwurzelt und auch die zum damaligen Zeitpunkt sehr oft scheinheiligen Regierungsvertreter verfolgten keine für die Menschheit dienlichen und nachhaltigen Ziele. So war es möglich, dass in einem Gebiet Menschen im Elend verdursteten und verhungerten, während in unmittelbarer geografischer Nachbarschaft alles im Überfluss vorhanden war.

Wirtschaftlichkeit und das völlig außer Kontrolle geratene Dogma der Gewinnmaximierung standen den grundsätzlichen Prinzipien der Menschlichkeit, wie schon angedeutet, zusätzlich im Wege.

Die Staaten der Erde besaßen eine zerstrittene Historie und konnten sich – falls überhaupt – einander nur langsam annähern. Eine Politik mit ernsthaft globalem Charakter war damals nicht denkbar und fernab jeglicher Realität. Groteske territorial oder religiös motivierte Auseinandersetzungen und Abgrenzungen hatten sich über Jahrzehnte – wenn nicht sogar über Jahrhunderte – erstreckt und noch immer gab es wenig Aussicht auf Friedfertigkeit.

Terror war an der Tagesordnung und die politischen Gepflogenheiten färbten auf private Verhaltensweisen ab. Die soziologischen Entwicklungen im einundzwanzigsten Jahrhundert waren teilweise unerträglich und oft nur noch als barbarisch zu bezeichnen.

Und auch nach Beendung der gewaltsam ausgetragenen Konflikte in den Glaubenskämpfen der Völkerwanderung im dreiundzwanzigsten Jahrhundert gab es noch immer jede nur erdenkliche Art von Kriminalität, ganz egal wie grauenhaft und verwerflich man sie sich vorstellt. Den entstandenen, unüberschaubaren Parallelgesellschaften war nicht mehr beizukommen. Die Regierungen blieben weitgehend tatenlos und die Geschicke der Menschheit lagen definitiv in den falschen Händen.

Als dann die Krankheit auftauchte und sich mehr als explosionsartig ausbreitete, dauerte es nur wenige Wochen, bis Klarheit über die Ursache bestand. Die neuen Drogen, basierend auf menschlicher oder – noch weitaus verheerender – tierischer Fremd-DNA, katapultierten den Anwender nach Aussage der bedauernswürdigen Abhängigen sofort brachial und mit unvergleichlicher Wucht ins »Rauschparadies« und ließen ihn gleich darauf ins Bodenlose abstürzen.

In Kombination mit den zur Verfügung stehenden Methoden chemischer Fortpflanzungsverhütung sowohl für Frauen als auch für Männer lösten sie den Chromosomenbrand aus, gegen den es kein Mittel gab. Die Infizierten waren hochgradig ansteckend und übertrugen die Krankheit auf vielfältigste Weise. Berührung, Atemluft, jegliche Art von Körperflüssigkeit ... niemand konnte sich schützen. Das Grundwasser war kontaminiert und die verhängnisvolle Umstrukturierung der DNA machte auch vor großen Bestandteilen der Nahrungskette keinen Halt.

Wer nicht von Natur aus *immun* war, hatte nach der Infektion nur noch wenige Wochen zu leben.

Und nur die *Immunen* überlebten.

Es wurde eine Infektionswelle ausgelöst, die innerhalb eines Jahres den gesamten Planeten erfasste.

Nachdem dann im Jahr 2348 die Weltregierung ihre Arbeit aufnahm, geschah etwas in der Menschheitsgeschichte bislang Einzigartiges.

Die Frage nach ihren Erwartungen an die Regierung beantworteten mehr als fünfundneunzig Prozent der Weltbevölkerung mit der Beendigung von erneut aufkeimender Kriminalität, Ungerechtigkeit, Unmenschlichkeit und wiedererwachendem Terrorismus.

Das Volksbegehren erreichte ein nie da gewesenes Ausmaß. Was unter anderem dazu führte, dass die Regierung vom Volk das Mandat und die Befugnis erhielt, mit allen erdenkbaren legitimen Mitteln – und auf allen Ebenen – gegen die weltweite Kriminalität und den Terror vorzugehen.

Eine überlieferte uralte, außerordentlich dramatische Redensart, die nachgewiesenermaßen damals auf unzähligen

Anzeigetafeln jahrelang und weltweit prangte, sowie in Zeitschriften, Audio- und Videomedien ständig zitiert wurde, lautete: »Wenn du dich verhältst wie ein Monster, wirst du früher oder später auch behandelt wie ein Monster.« Der Planet lief nicht zum ersten Mal Gefahr, von einer rücksichtslosen Minderheit terrorisiert zu werden. Ein verschwindend geringer Prozentsatz der Menschheit war für nahezu hundert Prozent aller Schwer- und Schwerstverbrechen verantwortlich ... und die Regierung handelte.

Sämtliche erforderlichen, vernünftigen und ethisch vertretbaren Gesetze waren seit geraumer Zeit vorhanden, bedauerlicherweise konnte ihnen aber bislang – wie bereits erwähnt – keine angemessene Geltung verschafft werden. Diese Geltung wiederum wäre aber nur durch eine Vergrößerung des Zwangs zur Einhaltung gesellschaftlicher Werte und einer darauf aufbauenden Bestrafungskultur erreichbar gewesen.

Ungeachtet aller Kontroversen hierüber entschied man daraufhin, zukünftige Maßnahmen nicht mehr ausschließlich danach zu bewerten, ob sie als gut oder schlecht wahrgenommen wurden, sondern eher danach, ob sie richtig oder falsch waren. Es blieb allerdings strittig, ob der daraufhin eingeschlagene Weg tatsächlich richtig war und ob es überhaupt einen richtigen Weg gab.

Im Zuge des Volksbegehrens wurde das global gültige *Register des Unrechts* in Kraft gesetzt, gekoppelt an den *Katalog der Sanktionen*.

Das Register des Unrechts enthielt neunundsiebzig Unrechtskategorien, von denen einundzwanzig Delikte gemäß gültiger Rechtsprechung basierend auf dem Katalog der Sanktionen mit dem sofortigen Entzug aller Existenzrechte belegt werden konnten.

Das Gesamtpaket der Maßnahmen gegen Kriminalität und Terror werde ich an dieser Stelle nicht darlegen. Es ist jedoch festzuhalten, dass die Regierung zwar rechtsstaatlich, aber auch unerbittlich vorging.

Endlich wurde Opferschutz dem Täterschutz übergeordnet, und auch wenn nicht wenige befürchteten, dass die in der Vergangenheit recht fragwürdig agierende Justiz nun zum Racheengel der Unschuldigen mutieren könnte, blieb es dennoch beim globalen Bevölkerungsmandat.

Die Thematik der weltweiten Auflehnung gegen Verbrechen und Gewalt sowie der unausweichliche Weg zur religiösen Einigung beanspruchen in der bereits erwähnten Synchrondatei eine detaillierte und umfangreiche Darstellung und es steht für mich heute fest, dass – obwohl das teilweise drastische Vorgehen gegen unbelehrbare Gewalttäter historisch nicht unumstritten ist – zu diesem Zeitpunkt erstmalig in der Geschichte überhaupt eine Regierung oder eine Allianz den Willen der gesamten Menschheit repräsentierte.

Dass eine Regierung sich im Rahmen der Gesetzgebung am erklärten Willen und zum Wohle der Bevölkerung auszurichten hat, galt als viel zitierte Selbstverständlichkeit und wurde dennoch erst jetzt eindrucksvoll realisiert. Eine bahnbrechende Neuordnung hatte sich durchgesetzt.

Machthungrige, unfähige und korrupte Politiker oder gar kriegstreiberische Feldherren durften keine Entscheidungsgewalt und Verantwortung mehr tragen, wie das vorher so oft und in beklagenswerter Weise selbst in anerkannten Demokratien der Fall gewesen war.

Es gibt historische Beispiele dafür, dass selbst Staaten, die das *Vertrauen auf Gott* zu ihrem Leitsatz erhoben hatten und dies sogar auf ihren Währungseinheiten dokumentierten, nicht an ihren eigenen Ansprüchen gemessen werden konnten.

Und auf gar keinen Fall war es zulässig, dass industrielle Unternehmungen oder Banken mit gewinnorientierten Zielsetzungen erneut einen kaum noch zu regulierenden Einfluss auf die Gestaltung der Gesellschaft und des Planeten erlangten.

Die Weltwirtschaft, die Kritiker als Profitraubtier und Marketingbestie bezeichneten, hatte mit politischer Duldung und Unterstützung unseren wunderbaren Planeten zu einem Industriestandort verkommen lassen. Ihr standen ebenfalls dramatische Veränderungen bevor, auf die ich aber an dieser Stelle nicht weiter eingehe.

Wenige Jahre nach Gründung der Weltregierung war dann die Quote bei Schwer- und Schwerstverbrechen weltweit praktisch nicht mehr messbar.

Man könnte zynisch sagen, dass die Menschheit entschieden hatte, sich von jedem zu trennen, der zu einem friedlichen Zusammenleben frei von Verbrechen, Gewalt und Terror nicht in der Lage war.

Ungeachtet aller berechtigten Einwände wurden die Maßnahmen der Regierung von der Bevölkerung geradezu euphorisch aufgenommen.

Viele Jahre später sollten Psychologen zu dem Schluss kommen, dass dauerhafte Frustration über zu ertragendes Unrecht und die *Tyrannei des Täters* eine jahrhundertelang unterschätzte negative Auswirkung auf die Entwicklung von Moral und Ethik hatten.

In angemessener Zeit nach ihrer Inkraftsetzung konnte beschlossen werden, die Gesetzgebung anzupassen.

Bei aller Tragik hatten die Jahre des Chromosomenbrands die Menschheit an einen Abgrund geführt, aus dem sie offensichtlich die Kraft für eine nachhaltige Manifestierung ethischer und moralischer Grundprinzipien schöpfen konnte.

Hinzu kam, dass die durch den Chromosomenbrand hervorgerufenen erdrückenden und weltweiten Probleme nur gemeinsam gelöst werden konnten. Unterschiede, völlig egal welcher Art, spielten überhaupt keine Rolle mehr.

Viele Generationen später wird sich noch ein weiterer Standpunkt ergeben, der in diesem Zusammenhang von immenser Bedeutung ist. Ich will ihn zu gegebener Zeit hinzufügen!

Und dann auch jenen letzten Hinweis, der sämtliche Fragen neu aufwerfen sollte.

Die Vereinigung aller Religionen bis hin zur Bildung der Weltreligion im Jahr 2508 – die in einigen Grundzügen bis heute Bestand hat – stellte den Höhepunkt der Entwicklung dar. Keine der etablierten Religionen überlebte.

Zuvor war bereits zwei großen Religionsgemeinschaften gemäß internationaler Rechtsprechung der Status als Religion aberkannt worden, aufgrund ihrer menschenverachtenden Gesinnung und Gewaltbereitschaft.

»Wenn dein Gott einfordert, dass du in seinem Namen kämpfst und tötest, dann hast du ihn falsch verstanden ... oder er ist kein Gott.« So lautete der Leitgedanke aus dieser neuen und hoffnungsvollen Zeit.

Eine detaillierte Darstellung religiöser Aspekte wäre mir zwar an dieser Stelle vertraglich nicht untersagt, aber da ich weiß, dass meine Auftraggeber es schätzen würden, wenn ich mich hierzu nicht äußere, bitte ich Sie, werter Leser, dies zu respektieren.

Ich kündige aber bereits jetzt an, dass ich meine Freiheiten nutzen werde, um später noch einmal auf dieses unumgängliche Thema zurückzukommen.

Ankunft

Zum ersten Mal in meinem Leben geschieht es, dass meine Identitätsmoleküle nicht akzeptiert werden. Der Zugang zu meiner Unterkunft kann nur und ausschließlich über eine mir zugeteilte Codierung freigeschaltet werden.

Im Nachhinein weiß ich, mein Aufenthalt in der Gondel dauerte weniger als zwei Minuten und der Transfer mit der *Verbindungsschale* war auch nicht wesentlich länger. Ich kann aber weder über das eine noch über das andere irgendetwas Sinnvolles sagen. Die Erinnerung daran ist unauffindbar.

Meine Gepäckbox materialisiert auf der dafür vorgesehenen Konsole. Ich schaue mich um.

Was ich sehe, erweckt den Eindruck einer Synthese aus der betriebsbereiten Steuerzentrale eines Raumschiffes und einer *Wohnkapelle*.

Hier also werde ich einen vollständigen Planetenumlauf verbringen. Ich habe mich von *ihnen* überzeugen lassen, diese Aufgabe zu akzeptieren, aber was wird hier aus mir werden? Welche Geheimnisse warten auf mich? Ich weiß, dass ich bereits morgen mit meiner Arbeit beginnen muss. Über der Arbeitskonsole schwebt ein *Dwara-Rezeptor*, der meine Erwartungen auf den Kopf stellt. Er ist größer als mein eigener in der Projektion. Und ich dachte, so etwas gäbe es gar nicht.

Die Terrassenkuppel nimmt den gesamten Hintergrund in Anspruch. Ich kann meinen Blick nicht von ihr abwenden. Und bereits jetzt kann ich den Einbruch der Dunkelheit nicht mehr erwarten.

Zweiter Teil

**Zweihundertdreiundachtzig Nächte
bis zur Übergabe**

3682 – 5618

3682

Mehr als vierhundert Jahre sind verstrichen, in denen der Mensch sich auf die Erhaltung und Verbesserung der Lebensbedingungen im Sonnensystem konzentrierte.

Terra 3 ist in den vergangenen Jahrhunderten mehrfach umgebaut und erweitert worden und kreist nach wie vor auf seiner Bahn.

Es ist gelungen, die technischen Voraussetzungen für ein Magnetfeld zu schaffen, welches den Mars vollständig umschließt und ihm eine Atmosphäre ermöglichen könnte.

3800

Der Mars besitzt jetzt eine durch Wandlerstationen gestützte eigene Atmosphäre und wird in den folgenden sechs Jahrhunderten vollständig besiedelt. Die Marsregierung nimmt als neues Mitglied im Planetarischen Rat ihre Arbeit auf.

5011

Eine gewaltige Sensation rüttelt die Menschheit auf. Die Richtigkeit der *String-Borvgu-Schätzung* aus der Mitte des fünften Jahrtausends gilt nach Jahrhunderten der Forschung als bewiesen. Allerdings werden durch die Beweisführung neue Fakten und Fragen aufgeworfen, deren Komplexität alles bis dahin Gekannte in den Schatten stellt.

Demzufolge koordinieren Strings zwar die Beschaffenheit jeglicher Masse oder Energie, die Strukturierung der Strings selbst erfolgt jedoch – gemäß der theoretischen Darstellung – zwangsläufig aus einem vieldimensionalen Fremdraum, dessen Identifikation mit der zur Verfügung stehenden Technologie nicht möglich ist.

Darüber hinaus ist das uns bekannte vierdimensionale Raum-Zeit-Kontinuum – basierend auf den neuen Schlussfolgerungen der Schätzung – eingelagert in eine Hintergrundstruktur, von der es wie von einem Resonanzkörper umgeben wird. Der sogenannten Terunalzone. Theoretisch könnte ein Dimensionstransfer es ermöglichen, den Zugang zu ihr zu schaffen.

Ein neuer Aspekt der Schätzung legt fest, dass zwingend und notwendigerweise mehr als nur ein einziger Urknall stattgefunden haben muss und unser Heimatuniversum ist offensichtlich umgeben von einer unermesslichen Anzahl anderer Universen, die in nicht ergründbarer Entfernung zu uns gegen die Ewigkeiten glühen.

Die Menschheit lebt in einem real existierenden Multiversum.

5080

Wissenschaftlern auf Terra 3 ist es mithilfe von neuen Forschungsansätzen aus der String-Borvgu-Schätzung gelungen, die mögliche *Entkopplung* eines Objektes von den Konsequenzen der Gravitationskonstante theoretisch darzustellen.

Planung und Bau eines Schwerkraftentkopplers werden initiiert, unterstützt durch völlig neuartige Quantencomputer.

5165

Der erste Schwerkraftentkoppler ist fertiggestellt.

Die Augen der gesamten Menschheit richten sich auf einen fünftausend Gramm schweren Metallzylinder, der unter Einfluss des Entkopplers den physikalischen Gesetzen trotzt und einen Meter über dem Boden des Testlabors schwebt.

Ich hoffe, Sie haben keine Einwände, geneigter Leser, wenn ich an dieser Stelle eine kleine Zwischenbemerkung einfließen lasse.

In meinem ersten Ausbildungszyklus war ich sehr überrascht, auf welch schlichten Prinzipien im Grunde genommen die Schwerkraftentkopplung basiert. Zu Beginn des sechsten

Jahrtausends wurden die Auswirkungen der Schwerkraft, beispielsweise auf die Umlaufbahnen der Planeten, nach alter Theorie richtigerweise so dargestellt, dass – sehr vereinfacht gesagt – das Raum-Zeit-Kontinuum eine mehrdimensionale *Oberfläche* bildet. Durch den Einfluss ihrer Gravitationskraft verursachen Objekte, wie zum Beispiel die Planeten, Vertiefungen in dieser Oberfläche. In ihnen bewegen sie sich um ihr Gravitationszentrum, die Sonne.

Ähnlich verhält es sich mit sämtlichen grundsätzlichen Auswirkungen der Gravitation, unabhängig davon, ob es sich um bewegte oder unbewegte Objekte handelt.

Der Schwerkraftentkoppler sendet ein begrenztes Signal aus, welches in der Lage ist, die Gravitationsvertiefungen auszugleichen, zu modifizieren oder hinzuzufügen und der Einfluss der Gravitation entschwindet oder kann innerhalb seiner Reichweite manipuliert werden.

Ich hatte vor langer Zeit das große Vergnügen, in einer Arbeitsgruppe, gemeinsam mit einigen Kollegen, einen Entkoppler zu konfigurieren und ich glaube, ich wäre auch heute noch – ohne eine Neurodatei zu aktivieren – in der Lage, einen Entkoppler für den Hausgebrauch zu konstruieren.

5263

Gravitationsgestaltung ermöglichte es, den Mars mit erdähnlicher Schwerkraft auszustatten. Der Mond wurde mit beschleunigter Rotation versehen und besitzt jetzt ebenfalls erdähnliche Schwerkraft sowie eine Atmosphäre. Die Technologie der Schwerkraftgestaltung revolutioniert die gesamte Wissenschaft.

5371

Energietransformatoren umkreisen die Sonne und machen nahezu sechzig Prozent der von ihr abgestrahlten Energie nutzbar.

5618

Der Durchbruch in die Terunalzone ist gelungen!

Narration

Auch an dieser Stelle sei es mir gestattet, mich noch einmal einzuschalten. Bitte erwarten Sie nicht von mir, dass ich dieses letzte Fragment des zweiten Teils erklärend erläutere, obwohl die Öffnung der Terunalzone im Vergleich zu noch folgenden Ereignissen ein relativ einfacher Vorgang ist. Und bitte erinnern Sie sich daran, was Sie über dieses Thema in Ihren Ausbildungszyklen lernen durften.

Nach Jahrhunderten der theoretischen Erklärungsversuche ist es jetzt eine unbestreitbare Tatsache, dass ein Zugang in die Terunalzone existiert. Der eigentliche Vorgang der Öffnung selbst hat – obwohl Geschwindigkeit hierbei keine Rolle spielt – Ähnlichkeit mit dem Durchbrechen der Schallmauer, nur dass man sich jenseits der Terunalbarriere nicht mehr im bekannten vierdimensionalen Raum befindet. Die Rückkehr in das vierdimensionale Raum-Zeit-Kontinuum erfolgt über eine komplexe und äußerst diffizile Energiemodifikation, deren *Echo* dazu führt, dass man aus der Terunalzone abgestoßen wird.

Man befindet sich nach der Rückkehr exakt dort wieder, wo man den vierdimensionalen Raum verlassen hat.

Der Aufenthalt in der Terunalzone ist unschädlich für *baryonische Materie* und damit für alle bekannten organischen und anorganischen Strukturen. Er setzt die physikalischen Gesetzmäßigkeiten des vierdimensionalen Raumes in keiner Weise außer Kraft, auch der Ablauf der Zeit ist identisch.

Die Terunalzone ist ein vollständig leerer Raum, dessen vermutete Größe der des vierdimensionalen Raumes entspricht und sich damit menschlicher Vorstellungskraft entzieht. Die ersten Forschungsresultate zeigen, dass es nicht möglich ist, sich in der Terunalzone fortzubewegen und Objekte, die nebeneinander in sie eintreten, können sich gegenseitig weder orten noch Kontakt aufnehmen.

Der Aufenthalt in der Terunalzone vermittelt den Eindruck, in einem perfekt isolierten und abgedunkelten Raum, abgeschnitten von allem zu sein.

Obwohl die Theorie es gestatten würde, sollte es mit vorhandener Technologie viele Jahrhunderte lang nicht möglich sein, aus der Terunalzone heraus nach *draußen* zu kommunizieren oder umgekehrt.

Was mag wohl in den Entdeckern des Übergangs in die Terunalzone vorgegangen sein, als sie feststellen mussten, dass auch sie – wie so viele Wissenschaftler vor ihnen – zu akzeptieren hatten, dass sie die wahre Bedeutung ihrer Erkenntnisse nicht mehr selbst erleben würden.

Seit Jahrtausenden träumten die Menschen von einem Ort *jenseits* unserer alltäglichen Welt und jetzt, nachdem sie diesen Ort endlich gefunden haben, stellt sich heraus, dass er eine funktionslose Einöde aus vollendeter Dunkelheit und Stille ist.

Aber alles im Kosmos hat eine Funktion ... sie muss nur erkannt werden.

Dritter Teil

**Zweihundertfünfundsechzig Nächte
bis zur Übergabe**

5800 – 7232

5800

Auch nahezu zwei Jahrhunderte nach dem Durchbruch in die Terunalzone ist es nicht gelungen, weitere verwertbare Erkenntnisse zu erlangen. Ein weitverzweigtes Transport- und Verkehrsnetz durchzieht das Sonnensystem. Eine Raumfahrt jenseits des Kuiper Gürtels findet praktisch nicht statt.

6231

Der 18. April dieses Jahres wird die Geschichte der Menschheit grundlegend verändern.

Zum ersten Mal seit ihrer Entdeckung gelingt es der Wissenschaft, Standortsignale von Erkundungssonden, die man in die Terunalzone versetzt hatte, zu erfassen und eine dauerhafte Verbindung zu ihnen herzustellen. Daraufhin befördert man einen metallischen Hohlkörper in die Terunalzone und versucht, einen identischen Körper, der sich zu diesem Zweck in einer Umlaufbahn um den Mond befindet, an ihn zu *koppeln*.

Die sich daraus entwickelnde Technologie der *Resonanzenergetik* wird der Menschheit den Weg aus dem Sonnensystem hinaus eröffnen.

6274

Die ersten verwertbaren Forschungsresultate der Resonanzenergetik liegen vor. Ein anorganischer Körper im vierdimensionalen Raum, der durch eine Resonanzkopplung mit einem gleichgroßen Hohlkörper in der Terunalzone verbunden ist, verfügt über Optionen, welche die Grenzen der Wissenschaft dramatisch verschieben. Er befindet sich eingebettet in einem nur mit den empfindlichsten Messgeräten nachweisbaren energetischen Feld, das ihn für äußere Einwirkungen aus dem vierdimensionalen Raum nicht mehr erreichbar macht. Er ist nach wie vor sichtbar und kann mit jedem Ortungsgerät erfasst werden.

Ein anorganischer Körper, der unter dem Einfluss einer Resonanzkopplung steht, ist praktisch unzerstörbar. Ein Aufenthalt im Zentrum der Sonne könnte ihm nichts anhaben und der Temperaturanstieg seiner äußeren Hülle würde dabei theoretisch null betragen, was durch spätere Praxistests bestätigt wird.

Menschen könnten sich währenddessen gefahrlos in ihm aufhalten, was ebenfalls später bewiesen wird.

6294

Ein kleines unbemanntes Raumschiff wird an einen identischen Hohlkörper in der Terunalzone angekoppelt. Trotz minimalster Antriebskraft begrenzt auf nur wenige Sekunden Dauer katapultiert sich das Raumschiff quer durch das Sonnensystem und wird quasi aus dem Nichts kommend von einem Routinekontrollflug auf einer Umlaufbahn jenseits des Neptuns geortet.

6311

Hohlkörper, die zum Zweck einer Ankopplung in die Terunalzone versetzt wurden, erhalten die Bezeichnung *Parallelkörper*.

Gekoppelt an einen solchen Parallelkörper ist ein Raumschiff in der Lage, ein Vielfaches der Lichtgeschwindigkeit zu erreichen, ohne die Gesetzmäßigkeiten des vierdimensionalen Raums zu brechen. Es wird dabei vom angekoppelten Parallelkörper *auf der anderen Seite* begleitet wie von einem Spiegelbild.

Das Schiff kann mit einem eigenen Gravitationsfeld ausgestattet werden und ein Aufenthalt an Bord ist für Menschen vollkommen unbedenklich. Der Ablauf der Zeit wird in keiner Weise beeinträchtigt oder verändert, und zwar völlig unabhängig davon, wie schnell man sich fortbewegt.

Die erreichbare Geschwindigkeit wird im Grunde genommen lediglich begrenzt durch die Navigationstechnik.

Eine Navigationstechnologie, die in der Lage wäre, Standort und Kurs jederzeit zu bestimmen, würde interstellare Raumfahrt ermöglichen.
Die Menschheit hält den Atem an.

6371

Zuverlässige Navigation im Umkreis von fünfundzwanzig Lichtjahren um das Sonnensystem ist möglich.

6378

Forschungsraumschiff *Terun* startet zu einer Rundreise Richtung WX Ursae Majoris. Während der Mission testet man die vielfältigsten Geschwindigkeiten und die Resultate geben Anlass zur Euphorie.
Obwohl die Triebwerkskräfte nur äußerst vorsichtig dosiert werden, wäre es theoretisch möglich gewesen, die gesamte Wegstrecke hin und zurück in weniger als einem Monat zurückzulegen. Dies allein entspräche bereits einer vielhundertfachen Lichtgeschwindigkeit.
Tatsächlich erfordert das umfangreiche Test- und Forschungsprogramm eine Flugdauer von etwas mehr als einem Jahr.
So erfreulich die technologischen Resultate sind, so enttäuschen die Erkundungen der Sternensysteme zutiefst. Die aufgespürten Planeten sind entweder tote Gesteinsbrocken, Gasriesen oder glühende Klumpen.

6800

In vierzig Navigationsschalen um das Sonnensystem herum ist der Kosmos erforscht worden. So kann jetzt im katalogisierten Umkreis von zweitausend Lichtjahren im Weltenraum navigiert werden.
Die Simulationen der Bewegungsstrukturen innerhalb unserer Galaxis verursachen dabei die größten Schwierigkeiten. Sie stellen die Weiterentwicklung der Navigationscomputer vor ständig neue Herausforderungen. Nicht zu vergessen, dass

unsere Milchstraße selbst mit ungefähr einer Million Kilometern pro Stunde rotiert.

Sehr viel später stellt sich heraus, dass bei intergalaktischen Reisen die Expansionsgeschwindigkeit des Universums ebenfalls eine Berücksichtigung finden muss. Was sich letztlich als der komplizierteste Teil der Navigation im Kosmos erweisen soll.

Am verblüffendsten ist allerdings der Effekt, dass wir aus unserem Sonnensystem – oder von jedem anderen Standort aus – jeweils lediglich Vergangenheitsversionen der Milchstraße sehen und erst durch ihre navigationstechnische Erfassung vor Ort sozusagen ein zeitliches Update erhalten. Kommunikation ist problematisch. Die riesigen Entfernungen sind mit den zur Verfügung stehenden Kommunikationssystemen nicht überwindbar. Jedes Raumschiff ist bei seinem interstellaren Flug auf sich alleine gestellt.

Die erreichbaren Geschwindigkeiten sind gigantisch.

Die Standarderdzeit wird als *multiversale Hintergrundzeit* eingeführt und ist von nun an die Basis für die Sternennavigation. Sie wird sich durch die folgenden Zeitalter behaupten und hat ihren Rang als beständigste Konstante in der Menschheitsgeschichte bis heute verteidigt.

Alle Raumschiffe können zusätzlich zum Energiefeld der Terunalkopplung mit einem undurchdringlichen energetischen Schutzschirm ausgerüstet werden, ohne dessen Wirkung zu beeinträchtigen. Da resonanzenergetische Kopplungen grundsätzlich erst in einem gewissen Abstand zu Planetenoberflächen aktiviert werden, ist damit sichergestellt, dass die Raumschiffe auch ohne sie wirkungsvoll geschützt sind.

Es lassen sich zum großen Leidwesen aller Beteiligten keine Planeten entdecken, auf denen die Entwicklung von organischem Leben stattgefunden hat. Sämtliche Erwartungen in dieser Hinsicht werden zutiefst enttäuscht. Allerdings gibt es einige wasserführende Planeten oder Monde mit gestaltungsfähiger Eigenatmosphäre, die sich in einer habitablen Zone befinden und theoretisch bewohnbar gemacht werden könnten.

Synthetischer Nährboden, Bakterien, Mikroben, Kleinstlebewesen, Pflanzen und Tiere werden dorthin exportiert, um die Voraussetzungen für eine Besiedlung zu schaffen. Der Menschheit stehen jetzt zahllose interstellare Rohstoffquellen zur Verfügung.

6904

Projektoren für einen Energieschirm astronomischen Ausmaßes rund um das Sonnensystem oder genauer gesagt, um die Heliosphäre, werden positioniert. Er soll bei Bedarf einen dauerhaften Schutz gegen mögliche kosmische Strahlungen bieten, wie sie zum Beispiel durch Magnetare oder Gammablitze verursacht werden. Die dazugehörenden Detektorsonden sind im Abstand von ungefähr zwei Lichtjahren vorgelagert positioniert. Sie initiieren im entscheidenden Moment den Start einer kleinen Terunalrakete Richtung Sonnensystem, um Segmente des Schirms rechtzeitig zu aktivieren. In ferner Zukunft sollten hierzu dann ausschließlich *Dwara-Rezeptoren* eingesetzt werden.

7200

Der Orion-Arm unserer Heimatgalaxis ist katalogisiert und navigationstechnisch erschlossen.
Es gibt nach wie vor keinerlei Anzeichen von außerirdischem Leben.
Am äußeren Rand des Orion-Arms entsteht die Forschungsstation *Orion Futura*.
Kugelsternhaufen Omega Centauri im Halo unserer Galaxis soll angeflogen werden, um die maximal erreichbare Geschwindigkeit im Halo zu erkunden.

7232

Sternenkreuzer *Zen Omega* startet von Orion Futura aus mit höchstmöglicher Terunalbeschleunigung.
Die Mission endet mit einem Schock für die gesamte Menschheit.
Ab einer Entfernung von viertausenddreihundertdreiundneunzig Lichtjahren vom Rand des Orion-Armes reduziert sich

die mittels Terunalkopplung erreichbare Geschwindigkeit kontinuierlich.

Die Mission wird schließlich abgebrochen, um zu vermeiden, dass die Reduzierung der Geschwindigkeit oder ein eventuelles Versagen des Antriebs eine Rückkehr nicht mehr ermöglicht hätte.

Jahrzehnte später steht fest, dass die Menschen ihre Heimatgalaxis nicht verlassen können. Spätestens nach einem Flug von zehntausend Lichtjahren in den Halo ergibt sich eine Entkopplung von dem in der Terunalzone befindlichen Parallelkörper.

Parenthese

Der Wunschtraum vom vielfältigen und überbordenden Leben in unserer Milchstraße bleibt das, was bereits seine Bezeichnung schon immer beinhaltete.

Damals ahnte man noch nicht, wie lange der Tenor zur generellen Bewältigung dieser unerwarteten und auch bedrückenden Tatsache allgegenwärtig sein sollte. »Es ist beruhigend, dass wir keine Feinde zu fürchten haben ... aber es sind auch keine Freunde zu finden. Niemanden, von dem wir etwas lernen können ... nichts zu lehren oder weiterzugeben.«

Die dokumentierte Einsamkeit der Menschheit nimmt ihren Lauf und drängt sich in die Geschichtsschreibung.

Veränderung

Nahezu zeitgleich mit den bedauerlichen Resultaten der Mission *Zen Omega* gab es eine höchst abenteuerliche – wenn man so will – *medizinische* Publikation, die jahrhundertelange Kontroversen auslösen sollte.

Als Fakt gehört sie in die Synchrondatei, aber da sie in direktem Zusammenhang zu Ereignissen steht, die auch in diesen Protokollen von nicht unerheblicher Bedeutung sind, füge ich sie im Folgenden hinzu.

Die darin aufgestellte These sollte allerdings unbewiesen bleiben.

Menschen haben von Natur aus eine Veranlagung sowohl zum Guten als auch zum Bösen und ich würde bereits jetzt gerne bekennen, dass ich persönlich es in der Tat als äußerst angemessen empfinden würde, wenn die positive Verschiebung charakterlicher Prioritäten und die sich daraus ergebende Umstrukturierung der Bedürfnishierarchie *nicht* aufgrund einer maßlosen Katastrophe, verursacht durch Drogenmissbrauch ihren Anfang fand.

Und es bleibt für mich fraglich, wie unsere Welt wohl heute aussehen würde, wenn die genetischen Veranlagungen der Menschheit sich weiterhin manifestiert hätten, wie in den Zeiten vor der Krankheit ... oder ob es überhaupt noch eine Welt gäbe.

Alles hatte sich auf eine Weise verändert, die wohl für niemanden jemals vorhersehbar gewesen wäre.

7233

Die medizinische Hauptgruppe auf Terra 3 veröffentlicht eine aufsehenerregende Theorie, die wie ein Donnerschlag das Entsetzen über die Tatsache, dass die Menschen die Milchstraße nicht verlassen können, übertönt.

DNA-funktionale Psychopharmaka aus der Familie der psychotropischen Substanzen waren vor nahezu fünftausend Jahren zwar der faktische Auslöser des Chromosomenbrands, aber eine vollständige Neubewertung der heute noch zur Verfügung stehenden Unterlagen lässt auch einen anderen Schluss zu.

Es wird die Behauptung aufgestellt, es handelte sich bei Chromosomenbrand um die drastische Vorwegnahme der Folgen eines Evolutionssprungs, der mit einer Wahrscheinlichkeit von über neunzig Prozent innerhalb eines Zeitraumes von vierhundert Jahren ohnehin stattgefunden und möglicherweise Hunderte Generationen erfasst hätte. Die Nachfahren der damals immunen Personen wären dann ebenfalls betroffen gewesen, aber aufgrund der Geringfügigkeit der bei ihnen eintretenden Veränderung nicht in lebensbedrohlicher Weise.

Sternenlicht

Eine weitere Nacht auf Planet Tha zeigt ihre Vorboten am Horizont und in den Terrassenkuppeln der Siedlung fiebert man dem *Anblick* entgegen. Auch ich sitze angespannt in meiner eigenen Kuppel und warte, wie jeden Abend, mit ungeduldigem Herzen auf das Hereinbrechen der Dunkelheit. Und wie so oft denke ich dabei an meine erste Nacht auf Tha, und an jenen Moment, als ich es endlich wagte, nach oben in den Nachthimmel zu schauen, und wusste, dass nichts jemals wieder so sein würde, wie es einmal war.

Als feststand, dass ich aufgrund meiner Vertragsbedingungen einen kompletten Planetenumlauf sowie die Blüteperiode auf Tha erleben würde, konnte ich es kaum fassen.

Wie jeder, dessen erster Aufenthalt auf Tha bevorsteht, versuchte ich mich vorzubereiten. *Vorzubereiten auf den Anblick, auf den man sich nicht vorbereiten kann.*

Selbstverständlich stehen die neurografischen Aufnahmen der ersten Landung auf Tha nach seiner Entdeckung jedem zur Verfügung. Und ich hatte sie wieder und wieder angeschaut.

Der Sternenkreuzer namens *Berdonla Sa*ä*, nach dem die Siedlung, in der ich mich jetzt aufhalte, benannt wurde, befindet sich im Landeanflug auf Tha und die Kommentare des Kommandanten sind klar und deutlich zu hören.

Die *Berdonla Sa*ä* hatte monatelang eine mit der Bezeichnung Wun Lia L004 katalogisierte Galaxie durchkreuzt und wollte ihre Suche nach bewohnbaren Planeten jetzt im äußeren Spiralarm Pibra 7 abschließen.

Die Besatzung war schon fast an das phänomenale Panorama gewöhnt, das ihr die *Sloan Great Wall* darbot. Eine derart kolossale Konzentration von Sternenlicht war selbst für erfahrene Reisende zwischen den Galaxien kein alltägliches Szenario.

Die Freude über die Entdeckung eines bewohnbaren Planeten stand jedem ins Gesicht geschrieben, und als die Oberfläche von Tha zur Erkundung freigegeben wurde und die Transportfelder den ersten Erkundungstrupp sanft absetzten, herrschte eine ausgelassene Stimmung.

Die Übernachtungsstation lag bereits fest verankert an ihrem Bestimmungsort und es war noch immer angenehm mild, als die klare Nacht – wie vorher berechnet – eilig hereinbrach.

Unvermittelt waren die ersten Schreie zu hören.

»Nach oben – ihr müsst nach oben sehen.«

»Mein Gott, ... oh Gott ...«

Und dann zeigten die Aufzeichnungen sechsundzwanzig Frauen und Männer des planetarischen Erkundungstrupps, die regungslos und schweigend in den Himmel starrten ...

Es ist nicht – wie jeder erwartet hatte – das unvergleichliche Sternenlicht der Sloan Great Wall, welches am Nachthimmel von Tha erstrahlt. Auf unerklärliche Weise verleiht die Atmosphäre des Planeten ihm eine gewisse *Struktur*.

Und wenngleich die aufwühlenden Fakten anmuten, als würden sie ein triviales und seit frühen Zeitaltern nicht mehr verwendetes Klischee bedienen, müssen sie dennoch an dieser Stelle vermerkt werden. Denn das, was man sieht – und zwar völlig unabhängig davon, wo auf dem Planeten man sich befindet – ist das Antlitz eines fragend blickenden alten Mannes bestehend aus Millionen und Abermillionen funkelnden Punkten, als hätte ein virtuoser Künstler die Sterne des Himmels in Szene gesetzt.

Tha dreht sich unter ihm hinweg und nahezu der gesamte Nachthimmel ist von ihm erfüllt. Wer auch immer im Laufe der Jahrtausende Tha besuchte und in seine Augen schaute, war danach nicht mehr derselbe.

Von einer Blüteperiode wusste damals noch niemand etwas.

Vierter Teil

**Zweihundertvier Nächte
bis zur Übergabe**

7240 – 7821

7240

Die systematische Katalogisierung der Heimatgalaxis wird fortgesetzt.

7600

Noch immer werden unbekannte Planeten in habitablen Zonen entdeckt, aber keiner von ihnen trägt eigenes Leben.
Bei den ersten Katalogisierungsflügen in das Zentrum der Milchstraße stellt sich heraus, dass im Umkreis von ungefähr zweitausend Lichtjahren um die Region Sagittarius A* – ähnlich wie im Halo – eine massive Beeinträchtigung der Terunalfixierung stattfindet. Damit steht fest, dass eine Erforschung des Zentrums und des darin in nahezu wissender Erwartung vermuteten supermassereichen Schwarzen Loches auf unabsehbare Zeit nicht möglich sein wird.

7821

Ein Erkundungsflug im Scutum-Centaurus-Arm auf der uns gegenüberliegenden Seite der Galaxis entdeckt erstmals in der Menschheitsgeschichte außerirdisches Leben.
Planet Nelu Jehudiel ist geringfügig kleiner als die Erde, besitzt eine vergleichbare Schwerkraft sowie eine atembare Atmosphäre. Vierzig Prozent seiner Oberfläche sind mit Wasser bedeckt und er beheimatet eine geheimnisvolle Fauna und üppige Flora.
Er ist der vierte von elf Planeten, die um die Sonne Panta kreisen und er besitzt zwei Monde, die später die Namen Chram und Perganu erhalten.
Chram ist etwa halb so groß wie der Erdenmond und ein kalter Gesteinsbrocken. Der größere Trabant Perganu hingegen besitzt ebenfalls eine Atmosphäre und leichte Vegetation.

Das größte Landlebewesen auf Nelu Jehudiel vermittelt eine gewisse Ähnlichkeit mit einem Koala. Es ist ungefähr hundert Zentimeter groß und zwanzig Kilogramm schwer und für Menschen ungefährlich. Es erhält von den Biologen die Bezeichnung *Dwara*.

Die Erforschung der Dwaras wird auf die Entwicklung der Menschheit einen größeren Einfluss haben als die Entdeckung der Terunalzone und sämtliche vorherigen wissenschaftlichen Errungenschaften zusammengenommen.

Die Dwaras hingegen werden auf ihre Entdeckung durch die Menschen mit einer von uns ungewollten und nicht vorhersehbaren, katastrophalen Tendenz reagieren, was ich auch an der dafür von mir vorgesehenen Stelle meiner Protokolle noch erwähnen werde. Viele Jahrhunderte, wenn nicht gar Jahrtausende lang fühlte sich die Menschheit verantwortlich und mit Schuld beladen. Und es blieb mir alleine vorbehalten, während meines Aufenthaltes auf Tha *festzustellen*, dass nichts von dem, was geschehen ist, durch uns verschuldet war.

Narration

Ich erwähnte ja bereits, dass ich noch über weitaus kompliziertere Vorgänge berichten würde, als die Öffnung der Terunalzone. Die Interpretationen der Forschungsergebnisse über die Dwaras gehören unzweifelhaft dazu.

Godfrey Amerland, einer der angesehensten Wissenschaftler des achtundsiebzigsten Jahrhunderts, hatte den für seine Zeit äußerst bemerkenswerten Satz geprägt: »Wem es gelingt, ein Objekt in Nullzeit lediglich einen einzigen Millimeter zu bewegen, dem wird es früher oder später auch gelingen, dieses Objekt in Nullzeit quer durch den Kosmos zu befördern.«

Niemand hätte jemals daran gedacht, dass ein kleines Raubtier auf einem fernen Planeten dabei helfen sollte, dieser Aussage Wahrheit zu verleihen.

Die alten Aufzeichnungen besagen, dass im Grunde genommen sämtliche Tiere auf Nelu Jehudiel den Dwaras als Beute dienen. Lediglich eine kleine Säugetierart ähnlich einem Eichhörnchen scheint sich ersten Beobachtungen zufolge den Dwaras zu entziehen, und zwar aufgrund ihrer atemberaubenden Geschwindigkeit. Die Eichhörnchen sind so schnell und wendig, dass es den Biologen schwerfällt, sie im Auge zu behalten, nachdem sie einmal aufgescheucht sind.

Und dann zeichnet eines Tages eine Überwachungsmatrix etwas ganz und gar Unmögliches auf.

Ein Eichhörnchen rast hakenschlagend über die Steppe, als unvermittelt ein Dwara erscheint, es packt, und dann sind in Bruchteilen einer Sekunde beide nicht mehr auf den Aufzeichnungen zu sehen.

Ganz egal, mit welcher Verlangsamung der Abspielsequenz die Aufzeichnungen angeschaut werden, der Dwara erscheint aus dem Nichts, packt das Eichhörnchen am Nacken und ist sofort darauf mitsamt Eichhörnchen verschwunden.

Der gesamte Vorgang dauerte noch nicht einmal eine halbe Sekunde und wäre fast unbemerkt geblieben. Aber nachdem man ihn entdeckte, wurde die gesamte Landoberfläche von

Nelu Jehudiel mit einem Beobachtungsraster überzogen und innerhalb kurzer Zeit konnte eine Vielzahl vergleichbarer Phänomene entdeckt werden.

Offensichtlich waren die Dwaras in der Lage, zielgerichtete und nicht erklärbare Materialisationen und Entmaterialisationen durchzuführen.

Als man daraufhin die ersten Anstrengungen unternahm, die Dwaras näher zu untersuchen, stellte sich heraus, dass es aufgrund eben dieser Fähigkeit im Prinzip ausgeschlossen war, sie einzufangen. Unter Betäubung verschwanden die Tiere spontan und selbst der Tod der Dwaras löste noch einen letzten Sprung aus.

Kurze Zeit später besteht Gewissheit über einige Fakten, die man bis zur Entdeckung von Nelu Jehudiel in der Tat nicht für möglich gehalten hatte.

Dwaras sind in der Lage, sich in Nullzeit über große Entfernungen zu bewegen. Dabei vollbringen sie das unfassbare Kunststück, Beutetiere auf den Zentimeter genau anzufallen und mitzunehmen.

Damit nicht genug, sie können zwischen ihrem Heimatplaneten und dem Mond Perganu hin und her springen, auf dem sie ihren Nachwuchs heranziehen. Erst später sollte sich herausstellen, dass sie nach einem letzten Sprung auch auf ihm sterben.

Es dauerte Jahrzehnte und bedurfte der Entwicklung und Realisierung neuartiger, innovativer Untersuchungsprozeduren, bis man eine Vorstellung davon hatte, wie die Dwaras ihre Sprünge durchführen konnten.

Heute gehören die Forschungsergebnisse zur Basisausbildung im ersten Erziehungszyklus, aber damals waren alle schockiert von der monumentalen Erkenntnis, dass Dwaras in der Lage sind, eine bis dahin völlig unbekannte Variante quantenmechanischer Verschränkungen auszulösen.

Ein neuer Zweig der Wissenschaft wurde gegründet und das System der Sonne Panta entwickelte sich zum begehrtesten Aufenthaltsort für jeden Forscher. Alle wollten mit dabei sein, wenn es gelang, die Fähigkeiten der Dwaras für den Menschen nutzbar zu machen.

Man überzog Nelu Jehudiel und Perganu mit einem energetischen Scanner, um sämtliche Sprünge der Dwaras zu lokalisieren und eine irgendwie geartete Signatur in ihnen zu erkennen.

Die Untersuchungen der Dwaras gaben eine völlig neue Richtung vor und es sollten vier Jahrhunderte multiversaler Hintergrundzeit vergehen, bis die ersten praktisch verwertbaren Resultate vorlagen.

Fünfter Teil

**Einhundertzweiundachtzig Nächte
bis zur Übergabe**

8213 — 9227

8213

Erste verwertbare Resultate basierend auf den Untersuchungen der Dwaras verändern die Kommunikationstechnologie von Grund auf. Eine neue Generation von Rezeptoren und Projektoren zur Datenübertragung ermöglicht es, innerhalb der erforschten Teile der Galaxis Kommunikationssignale auszusenden, die unabhängig von der jeweiligen Entfernung oder Geschwindigkeit verzögerungsfrei vom Empfänger wahrgenommen werden können.

Eine der vielen bemerkenswerten Konsequenzen hiervon ist, dass es möglich wird, ein Raumschiff ohne Besatzung auf die Reise zu schicken und von der Erde oder jedem beliebigen Ort aus zu steuern.

Dadurch tritt die navigationstechnische Erfassung der Milchstraße in ein neues Zeitalter ein.

Ferngesteuerte Navigationskreuzer durchforschen unsere Galaxis.

8252

Der erste Materietransporter wird in Betrieb genommen und er ist in der Lage, bis zu fünfhundert Kilogramm anorganischer Materie über eine Entfernung von tausend Kilometern in Nullzeit an eine Empfängerstation zu senden: der *Dwara-Generator*.

Seine Kapazität wird allerdings für nahezu ein Jahrtausend auf diese fünfhundert Kilogramm oder zwölf Kubikmeter begrenzt sein, je nachdem was als Erstes erreicht wird. Grund hierfür ist die enorm aufwendige Energieversorgung der Generatorwurzel.

8291

Die erste Versendung anorganischer Materie von der Erde zum Mond gelingt.

8348

Verzögerungsfreier Transport von anorganischer Materie innerhalb des gesamten Sonnensystems ist möglich.

8412

Dwara-Generatoren sind jetzt in der Lage, auch lebende organische Strukturen zu befördern.

8592

Das Sonnensystem ist mit einem Netzwerk von Dwara-Generatoren überzogen.

8610

Man beginnt damit, die von der Menschheit bislang kolonialisierten sieben Planeten durch Dwara-Generatoren zu vernetzen. Die dauerhafte Verbindung zwischen Sende- und Empfangsgenerator ist aufgrund der sich einstellenden Fernwirkung der quantenmechanischen Verschränkungen unproblematisch.

Anders verhält es sich bei der Verwendung der Dwara-Generatoren als potenziellem Sprungantrieb für Raumschiffe.

Es stellt sich heraus, dass die interstellare Nutzung der Dwara-Generatoren durch Raumschiffe einer vollständig neuen Vermessung der Heimatgalaxis bedarf. Die exakte Simulation der Position des Zielgebietes ist in einem Maße erforderlich, welches weit über die Navigationskarten der Terunaltechnologie hinausgeht.

Hier eröffnet die Dwara-Technik den Weg zu einem neuartigen Verfahren zur Erfassung der Bewegungsstrukturen innerhalb der Milchstraße, weil die verzögerungsfreie Übermittlung von Kommunikationssignalen im Bereich der Heimatgalaxis auch auf Ortungssignale und Großraumabtaster übertragen werden kann.

Lediglich im Zentrum der Milchstraße gibt es Schwierigkeiten mit der korrekten Vermessung.

Das größte Hindernis ist allerdings, dass keine geeignete Energiequelle zur Verfügung steht, um Raumschiffgeneratoren mit der erforderlichen Sprungenergie zu beschicken. Darüber hinaus halten die meisten Wissenschaftler es sogar für ausgeschlossen, dass entsprechende Sprungenergien überhaupt *erzeugt* werden können.

Ein großes Objekt wie ein Raumschiff, bestehend aus baryonischer Materie, kann der im neunten Jahrtausend maßgeblichen Theorie zufolge ausschließlich durch Energie, die in direktem Bezug zu Vakuumfluktuationen steht, in einen Dwara-Sprung geleitet werden. Eine These, die sich als korrekt herausstellen sollte.

Damit wird der *Dunklen Energie*, die seit Jahrtausenden ihren Status als mysteriöseste Kraft im Universum verteidigt, eine neue Bedeutung zugewiesen.

Ihre grundsätzliche strukturelle Relevanz für das Universum war zwar eine akzeptierte Tatsache, aber sämtliche Bemühungen, der Dunklen Energie ihre Geheimnisse zu entreißen, waren bislang erfolglos. Und die Erforschung der Milchstraße hatte schon seit langer Zeit uneingeschränkte Priorität vor allen anderen Mammutaufgaben. Jetzt allerdings war absehbar, dass die unüberschaubare Herausforderung, die Rätsel der Dunklen Energie zu entschlüsseln, den Menschen möglicherweise direkt verwertbare Fakten für ihren Weg ins Universum liefern könnte.

Ein separater wissenschaftlicher Cluster konzentriert sich von nun an ausschließlich darauf, ihre Nutzbarmachung zu ermöglichen.

8983

Dwara-Navigationskarten für sämtliche Spiralarme unserer Heimatgalaxis liegen vor. Das Zentrum der Milchstraße ist nach wie vor unerforscht.

In Anlehnung an Heraklits historische gedankliche Schöpfung, dass man nicht zweimal in denselben Fluss steigen kann, definiert Mirim Glarbetti, die Leiterin der Navigationscluster, die Feststellung: »*Du kannst nicht zweimal in dasselbe Universum springen.*«

9203

Sechs Jahrhunderte detaillierter und konzentrierter Forschung sind vollbracht, und obwohl das Rätsel ihrer grundsätzlichen Beschaffenheit ungelöst bleibt, ist es endlich gelungen, einen bejubelten Meilenstein bei ihrer Verwertung zu setzen.

Dunkle-Energie-Kollektoren sind in der Lage, den Energiebedarf eines Raumschiffes praktisch unbegrenzt sicherzustellen.

Der erste Raumkreuzer mit Dwara-Sprungantrieb ist fertiggestellt. Aus Respekt vor den Verdiensten der ehemaligen Leiterin der Navigationscluster erhält er den Namen *Mirim Glarbetti*.

Er ist zusätzlich mit einer Terunalkopplung ausgestattet. Auch er startet von Orion Futura aus, um Orientierungssprünge im Navigationshorizont der Milchstraße in einer maximalen Entfernung von fünfzigtausend Lichtjahren durchzuführen.

Die Resultate sind überwältigend. Die Dwara-Generatoren übertreffen selbst die gewagtesten Erwartungen. Sprünge über Zehntausende von Lichtjahren werden durchgeführt und es stellt sich heraus, dass eine dauerhafte *Verbindung* zum Ausgangspunkt des Sprunges besteht.

Jeder Sprung kann ohne navigationstechnischen Aufwand dorthin zurückgeführt werden.

Die Euphorie kennt keine Grenzen mehr, als sich herausstellt, dass Sprungketten gespeichert werden können, auf denen das Schiff hin und her zu reisen vermag, wodurch eine niemals erhoffte navigatorische Sicherheit erreicht wird. Die Terunalkopplung bleibt durch den Sprung unbeeinträchtigt, solange er innerhalb einer Distanz von achttausend Lichtjahren zur Milchstraße durchgeführt wird. Der Parallelkörper *springt* mit.

Weiter entfernt findet eine Entkopplung statt. Die Entkopplungskoordinaten können erfasst werden und eine Wiederankopplung an gleicher Stelle ist möglich.

Der Kapitän der *Mirim Glarbetti* umrundet die Heimatgalaxis mehrfach in Sprüngen von jeweils fünfundzwanzigtausend Lichtjahren.

9227

Die *Mirim Glarbetti* springt zur Nachbargalaxie, dem Andromedanebel.

Narration

Bevor ich zum sechsten Teil komme, vervollständige ich noch einige Details der bereits mehrfach genannten Synchrondatei zur grundsätzlichen Menschheitsentwicklung. Und obwohl ich nochmals darauf hinweise, dass ich Ihnen, werter Leser, diese Datei zurzeit nicht zugänglich machen kann, gibt es einige Ereignisse, die an dieser Stelle nicht unerwähnt bleiben sollten.

Die Terunalkopplung im Allgemeinen und die Sprungtechnologie der Dwara-Generatoren im Speziellen hatten Ende des neunten Jahrtausends zu einigen gewagten Theorien geführt. Die anfängliche Theorie besagte, dass es möglich sein müsste, viele Lichtjahre von der Erde entfernt eine Kette von Superteleskopstationen zu errichten, und sie mithilfe der Navigationstechnik und der Terunalgeschwindigkeit so zu positionieren, dass eine Beobachtung von historischen Ereignissen auf der Erdoberfläche möglich wird, indem man das von ihr reflektierte Licht aus der Vergangenheit auffängt.

Die grundsätzliche Technologie dazu ist bereits seit langer Zeit verfügbar. Und sie ist derart leistungsfähig, dass mittels Dwara-Komponenten optimierte *Sekundärlichtdetektoren* theoretisch sogar in der Lage wären, das reflektierte Licht einer in der Umlaufbahn um die Sonne kreisenden Orange über Zehntausende von Lichtjahren hinweg an dem Primärlicht der Sonne vorbei aufzuspüren.

Die Stationen könnten einer navigatorisch und zeitlich definierten und berechneten Position und Umlaufbahn der Erde um die Sonne in festgelegten Abständen einer beliebigen Anzahl von Lichtjahren folgen und die Teleskope wären dann in der Lage, Beobachtungsfenster zu ermöglichen und Bilder von der Erdoberfläche zu liefern.

Eine derartige Beobachtung der Erde wäre bei klarem Himmel wie eine visualisierende Zeitmaschine und ohne jede Frage im Bereich des Machbaren, wenn sich ein Budgetierungsmodus für die enormen Kosten finden würde.

Die sich daraus ergebenden Optionen wären zweifelsohne fantastisch und es wurde offen spekuliert, ob man bei korrekt eingestellter Positionierung und Entfernung dem Bau der Pyramiden zuschauen könnte.

Was wäre, wenn man einen Abstand von achttausendachthundert Lichtjahren plus/minus Schärfeeinstellung wählt? Wäre es denkbar, die Kreuzigung und Auferstehung Christi zu verfolgen?

Es gibt nur wenige Protokolle darüber, was aus diesen Visionen wurde und bis heute sind sie bekanntlich nur auszugsweise frei zugänglich. Im Rahmen meiner Arbeiten der letzten Monate durfte ich diese Protokolle vollständig einsehen und für meine Auftraggeber aufbereiten.

Ich glaubte zum Zeitpunkt der Durchsicht nicht, dass ich jemals bereit sein würde, über sie zu berichten. Aber der Aufenthalt auf Tha hat meine Sichtweise auf sehr viele Dinge verändert und möglicherweise werde ich mich später zu diesem Thema noch einmal äußern.

Wesentlich technokratischer und auch dokumentierter in Bezug auf ihre sehr viel später erfolgende Ausführung waren Vorschläge, die nach den erfolgreichen Umkreisungen der Milchstraße durch die *Mirim Glarbetti* immer lauter wurden und auf vielfältige Weise noch weitaus aufregender anmuteten als die Theorien der Sekundärlichtdetektoren.

Die Dunkle-Energie-Kollektoren sind zweifelsohne stark genug, um ein Raumschiff quer durch das gesamte Universum zu katapultieren.

Da mehr als ein einziges Universum existiert – was seit viertausend Jahren theoretisch als bewiesen gilt – muss akzeptiert werden, dass unser eigenes Universum eine Begrenzung aufweist. Und durch eine geeignete Beförderungstechnologie sollte es möglich sein, diese Begrenzung zu erreichen und sich möglicherweise darüber hinaus von ihr zu entfernen, falls jenseits der Grenzen des Heimatuniversums überhaupt noch ein Raum existiert, in dem man sich fortbewegen kann.

Die räumliche Ausdehnung unseres Universums wurde im neunten Jahrtausend auf zweihundertneunzig Milliarden Lichtjahre prognostiziert. Eine Größenordnung, die der heutigen Lehre im ersten Ausbildungszyklus nahezu entspricht. Allein aus der Tatsache, dass – ausgehend von den ersten Aufzeichnungen durch Terra 3 – bereits seit Beginn des vierten Jahrtausends Signale aus einer Entfernung von mehr als sechshundert Milliarden Lichtjahren empfangen werden, lässt sich jetzt ableiten, dass es einmal möglich sein könnte, eine zielgerichtete Entdeckungsreise jenseits unseres Universums durchzuführen.

Um es kurz zu machen, es gab konkrete Forderungen, ein Raumschiff mit allem auszustatten, was die menschliche Technologie aufzuweisen hat und dieses Raumschiff an den Rand unseres Weltalls zu schicken.

Der Beobachtungshorizont sowie der Ereignishorizont unseres Universums gestatteten es damals technologisch nicht, seine Grenzen zu beobachten, solange man sich innerhalb seiner Strukturen befand.

Der Sprungantrieb könnte es jedoch ermöglichen, sich aus diesen Strukturen zu lösen und beide Horizonte zu verändern; und theoretisch wäre es sogar denkbar, dass das Universum sich dann – von außen betrachtet – nicht mehr vom Beobachter weg, sondern auf ihn zu bewegt.

Unter der Voraussetzung, dass es jenseits der Grenzen unseres Heimatuniversums einen *Raum zwischen den Universen* gibt und seine Expansion – falls überhaupt – ähnlich der innerhalb des Heimatuniversums abläuft und er eine Fortbewegung durch den Sprungantrieb gestattet, dann – und nur dann – könnte man sich theoretisch weit genug vom eigenen Universum entfernen, um mithilfe der fortschrittlichsten Dwara-Lichtdetektoren festzustellen, ob es möglich ist, den Urknall zu sehen und zu erkunden! Oder zumindest den Zeitraum, in dem die ersten Atome ihre Elektronen erhielten, wodurch das Universum aufflammte und sichtbar wurde.

Ein für damaliges Verständnis äußerst gewagtes und geradezu fantastisches Vorhaben, da alle zeitgenössischen Theorien besagten, dass der Urknall und die darauf folgende Expansion unseres Universums überhaupt erst eine äußere Raumhülle erschaffen haben und es deswegen keinerlei Anlass gab, den Zeitpunkt der Entstehung für beobachtbar zu halten. Nur eine Erkundung vor Ort könnte hierüber Klarheit schaffen.

Da der Zeitpunkt des Urknalls nicht bekannt ist, muss man sich, was die Entfernung zum Heimatuniversum anbelangt, an ihn *herantasten*.

Entfernt man sich zu weit vom Universum, und sein Licht hat die eigene Position noch nicht erreicht, befindet man sich möglicherweise in einem orientierungslosen dunklen Raum. Und niemand kann vorhersagen, ob es aus dieser Position möglich sein wird, auf der Sprungkette eines Raumkreuzers zurückzukehren.

Da die Menschheit innerhalb der Strukturen des Heimatuniversums lebt, kann sie es selbstverständlich auch beobachten. Niemand wusste aber damals, was geschieht, wenn man sich außerhalb des Universums befindet. Wird es überhaupt eine Möglichkeit geben, sein Licht von außen zu sehen, oder bleibt unsere Heimat für immer in der Dunkelheit verborgen, sobald wir sie einmal verlassen haben?

Außerdem war völlig ungeklärt, welche Navigationstechnik auf der Reise angewandt werden sollte. Ein Blindsprung ohne zuverlässige Zieldaten kam aufgrund der gewaltigen Entfernung nicht infrage und da ein korrekter Dwara-Sprung die navigatorische Simulation des Zielgebietes voraussetzte, gab es ausreichende theoretische Grundlagen darüber, dass Sprünge an den Rand des Heimatuniversums erst nach vollständiger Kartografierung der dazwischenliegenden Strecke erfolgen konnten. Und was geschieht, wenn die Kartografierungstaster anschließend ins Nichts vorstoßen? Wird außerhalb unseres Universums ein ferngesteuertes Schiff funktionieren? Falls nicht, wäre eine Besatzung, die ihr Leben einsetzt, zwingend erforderlich.

Die Zukunft sollte zeigen, dass die tatsächlichen Schwierigkeiten von anderer Art und weitaus komplizierter waren.

Es gab aus all diesen Gründen eine sehr große wissenschaftliche Fraktion, die die schrittweise Erforschung der Nachbarschaft der Milchstraße und anschließend weiter zu Galaxiehaufen, Superhaufen und Filamenten in den Vordergrund stellen wollte. Und diese Fraktion setzte sich letztendlich durch.

Die schrittweise Erforschung des Universums warf dann in der konkreten Planungsphase neue und gewichtige sowie auch vorher nicht bedachte, seltsame Fragen auf.

Die Dwara-Ortungssignale erlaubten zu dieser Zeit eine zuverlässige Datenerfassung ausschließlich dann, wenn sie innerhalb der Strukturen unserer Heimatgalaxis angewandt wurden.

Man konnte allerdings bei einem an die Position der Milchstraße gekoppelten Sprung weg von ihr in Richtung Weltall zunächst auch ohne Ortungstechnik sicher sein, dass rückwärtsblickend die eigene Heimatgalaxie sichtbar sein wird, weil aufgrund der Geschwindigkeit des Lichts der Blick zwangsläufig immer in die Vergangenheit gerichtet ist. In einem Abstand von zum Beispiel einer Million Lichtjahren würde man unsere Milchstraße so sehen, wie sie vor einer Million Jahren einmal ausgesehen hat.

Aber was ist mit dem Andromedanebel? Wird er erkennbar und vorhanden sein, wenn die *Mirim Glarbetti* ihm entgegenspringt, oder sind er und das Universum dahinter überhaupt nicht mehr existent und die sichtbare Information über diesen Umstand hat unsere Heimatgalaxis lediglich deshalb nicht erreicht, weil sie noch mit Lichtgeschwindigkeit an uns unterwegs ist?

Sechster Teil

**Einhundertsechsunddreißig Nächte
bis zur Übergabe**

9227 – 12204

9227

Die *Mirim Glarbetti* springt zur Nachbargalaxie, dem Andromedanebel. Die zwei Komma fünf Millionen Lichtjahre werden in fünfundzwanzig Sprüngen zu jeweils hunderttausend Lichtjahren überwunden.

Für jeden Sprung veranschlagt man zwei Tage multiversaler Hintergrundzeit. Das verschafft der Besatzung genügend Spielraum, die einzelnen Sprünge zu planen, zu analysieren und zu dokumentieren. Gleichzeitig werden die Dwara-Codes für die Aufrechterhaltung der Kommunikation und die rückwärts an unsere Heimatgalaxie ausgerichtete Navigation ermittelt. Die Organisatoren der *Mission Andromeda* sind auf Orion Futura online zugeschaltet.

Der Andromedanebel und das Universum sind noch vorhanden und der Blick auf Andromeda aus zweihunderttausend Lichtjahren Entfernung ist genauso überwältigend wie der Blick zurück auf die Heimatgalaxis, wie sie vor mehr als zwei Millionen Jahren ausgesehen hat.

9275

Innerhalb der Struktur von Andromeda ist eine Fortbewegung mittels Terunalkopplung genauso möglich, wie in unserer Milchstraße. Ein Fakt, der später auf alle Galaxien – nicht nur in unserem Heimatuniversum – zutreffen sollte.

Eine Station zur Erstellung von Terunalkörpern wird am Rande des Andromedanebels errichtet. Die erste in einer unüberschaubaren Reihe von Stationen, die im Heimatuniversum installiert wurden, bis die fantastische Entwicklung der Transponderprojektile im zwölften Jahrtausend die Technologie der Resonanzenergetik revolutionierte und fortan jedes Raumschiff über ein transportables Projektil verfügte, welches mithilfe eines Materietransponders die Funktion des Terunalkörpers übernehmen konnte.

9417

Die, für die weitere Erforschung des Heimatuniversums unerlässliche, intergalaktische Kartografierung mittels Dwara-Technologie wird möglich.

10900

Die Lokale Gruppe im Umkreis von sieben Millionen Lichtjahren um unsere Heimatgalaxie ist navigatorisch erschlossen. Ferngesteuerte Raumkreuzer erstellen detaillierte Verzeichnisse über die Bewegungsstruktur jeder Untergruppe und der darin enthaltenen Objekte.

Man identifiziert eine Vielzahl von Planeten mit bedeutenden Bodenschätzen. Darunter auch bislang völlig unbekannte stabile Elemente.

Drei bewohnbare Planeten mit bescheidener Flora und Fauna werden gefunden, sodass mit der Erde und Nelu Jehudiel jetzt fünf Planeten bekannt sind, die eigenes Leben hervorgebracht haben. Darüber hinaus werden sämtliche weiteren identifizierten habitablen Planeten oder Monde in der Lokalen Gruppe Schritt für Schritt zur Besiedlung freigegeben und entsprechend vorbereitet.

Hinweise auf intelligentes Leben gibt es nicht. Gehört das Universum tatsächlich dem Menschen ganz alleine?

11947

Die Menschheit bewohnt einundzwanzig Planeten sowie vier Monde innerhalb der Lokalen Gruppe.

Diese werden durch ein komplexes Netzwerk von Hunderten Dwara-Generatoren miteinander verbunden. Eine Aufgabe, die erst einige Generationen später vollständig abgeschlossen werden konnte. In den Zentren der erforschten Galaxien befinden sich – wie in unserer Heimatgalaxie – mit an Sicherheit grenzender Wahrscheinlichkeit ebenfalls supermassereiche schwarze Löcher. Jedoch versagt in allen Galaxiezentren die Resonanzenergetik und der Aufbau von detaillierten Navigationskarten der Zentren erweist sich mittels Dwara-Technologie alleine als nicht möglich.

12204

Die Freigabe zur Erkundung des Virgo-Superhaufens, zu dem auch unsere Lokale Gruppe gehört, liegt vor. Die größte unbemannte Erkundungsmission in der Geschichte der Menschheit beginnt in den benachbarten Gruppen Sculptor, M 83, und Canes Venatici I. Eine Orientierungsflotte, bestehend aus achtzehn Sternenkreuzern, macht sich auf den Weg.

Narration

Die Erkundung der Struktur des Virgo-Superhaufens vollzog sich über eine Zeitspanne von nahezu dreitausend Jahren multiversaler Hintergrundzeit. Und basierend auf nie da gewesenen Einblicken in das Universum wuchs eine wissenschaftliche Erkenntnis, von der man glaubte, dass sie es ermöglichen würde, den kosmischen Vorhang ein klein wenig zu lüften und hinter die Bühne des Weltalls zu schauen.

Diese Erkenntnis bezog sich auf jene astronomischen Objekte, die sich bislang einer wissenschaftlichen Erforschung entzogen hatten, weil in beträchtlichem Umkreis um sie herum keine zuverlässige Navigation möglich war. Erst zu Beginn des sechzehnten Jahrtausends konnte die Dwara-Technologie dieses Navigationsproblem lösen.

Sämtliche Versuche, eine Terunalfixierung in der Nähe eines galaktischen Zentrums aufrechtzuerhalten, scheitern dann allerdings nach wie vor. Und eine neue, spektakuläre Theorie definierte hierfür erstmals den möglichen und gleichzeitig sehr wahrscheinlichen Grund.

Verglichen mit den ungezählten energetischen und strukturellen Enklaven kleiner Gravitationssenken, entstanden durch kollabierende Sterne, sind supermassereiche schwarze Löcher im Zentrum von Galaxien nicht nur gigantische Schwerkraftzentren, sie sind außerdem *Laminationspunkte*, mit denen das Gefüge des vierdimensionalen Raumes an einer untergeordneten Raumstruktur befestigt ist, deren Beschaffenheit wir nicht verstehen.

Es wird davon ausgegangen, dass dieser untergeordnete Raum das Basisfundament für das vierdimensionale Weltall darstellt, und aus diesem Grunde erwartet die Theorie, dass in ihm keinerlei Entropie wirksam ist und es zwangsläufig auch keinen Ablauf der Zeit gibt.

Unser Heimatuniversum besteht aus achthundert Milliarden Galaxien und damit existiert theoretisch mindestens die gleiche Anzahl von Laminationspunkten.

Die wahre Natur der Laminationspunkte einschließlich der durch die Entstehungssingularität des Urknalls hervorgerufenen Primärlamination sollte noch einige Jahrzehntausende unentdeckt bleiben. Aber bereits jetzt wurde als wissenschaftlich abgesichert angesehen, dass gewisse Effekte der Laminierung in den Galaxiezentren die Verbindung zur Terunalzone beeinträchtigen.

Und im Umfeld der Bewertung der neuen Theorie ließen sich Jahrtausende alte Vermutungen über einen wissenschaftlichen Irrtum bestätigen. Denn nachgewiesenermaßen ist es nicht so, dass Naturgesetze die Zwangsläufigkeiten für das Universum festlegen. Das Gegenteil ist der Fall. Die Naturgesetze folgen den Zwangsläufigkeiten des Universums. Die Zeitspannen eventueller Veränderungen der Gesetzmäßigkeiten sind allerdings so groß, dass wir sie unmöglich erkennen können.

Nicht wenige Wissenschaftler sind heute noch der Auffassung, dass unser gesamtes Wissen nicht ausreichend ist, um die zum Zeitpunkt der Entstehung unseres Universums vorherrschenden Gesetze zu rekonstruieren.

An diesem Punkt glaube ich, dass es erforderlich sein wird, den neuen Erkenntnissen einige altbekannte Fakten gegenüberzustellen, die nicht in Vergessenheit geraten dürfen.

Fakten, welche die schlichtweg atemberaubende Größe unseres Heimatuniversums noch einmal verdeutlichen sollen.

Nachdem ich vorhin erläutert habe, dass die Erkundung der Struktur des Virgo-Superhaufens nahezu dreitausend Jahre dauerte, so bedeutet das keineswegs, dass die einzelnen Galaxien danach für den Menschen vertrautes Terrain darstellten. Lediglich die Abspeicherung der Bewegungsstrukturen und die navigationstechnische Erfassung galten als so gut wie abgeschlossen.

Vergleichen Sie das bitte mit dem Verkehrsnetzsystem eines Planeten.

Angenommen, Sie besitzen detaillierte Aufzeichnungen über sämtliche Land-, See- und atmosphärischen Transportrouten eines Planeten, so heißt das nicht, dass Sie auch überall schon einmal gewesen sind und sich auch nur annähernd als ortskundig bezeichnen können. So sollten zum Beispiel nach der navigationstechnischen Erfassung der Lokalen Gruppe mehr als tausend Generationen bis zur Entdeckung und Besiedlung meines Heimatplaneten im *Silberspiegel* vergehen.

Hätte die Menschheit sich zur Aufgabe gesetzt, unser Heimatuniversum in einem Zeitraum von zum Beispiel hunderttausend Jahren vollständig kennenzulernen, so wäre es erforderlich gewesen, jedes Jahr acht Millionen Galaxien zu erkunden. Das wären nahezu zweiundzwanzigtausend Galaxien pro Tag!

Die Erforschung unseres Heimatuniversums wird Äonen dauern.

Siebter Teil

**Einhundertvier Nächte
bis zur Übergabe**

Ttrebi

Womöglich haben Sie Gefallen daran gefunden, dass Sie in meinen Protokollen noch einmal die historisch relevanten Ereignisse unserer frühen kosmischen Geschichte finden konnten und erwarten jetzt, dass ich mit der Auflistung von Jahreszahlen fortfahre und den gesamten Weg darlege, den sich die Menschheit durch das damals bekannte Heimatuniversum gebahnt hat, bis hin zur Identifikation der zehn *Rotationsanker*.

Aber bitte sehen Sie mir nach, werter Leser, wenn ich Ihnen in dieser Hinsicht eine kleine Enttäuschung bereiten werde. Obwohl ich mich in den letzten Monaten bemüht hatte, meine Ausarbeitungen mit einer nachvollziehbaren Struktur zu versehen, fällt es mir schwer, diese Vorgehensweise weiter zu verfolgen. Ich glaube, dass es zum jetzigen Zeitpunkt der Berichterstattung über meinen Aufenthalt auf Tha sinnvoll wird, meine Darstellungsweise neu zu positionieren. Ich bin zuversichtlich, dass Sie mir schon bald zustimmen können.

Unabhängig davon stelle ich seit einigen Tagen mit einer gewissen Befremdung fest, dass meine Gedanken beginnen, um ein vielschichtiges Thema zu kreisen, mit dem ich sehr bald auch Sie vertraut machen muss.

Was die historische Ereigniskette anbelangt, so kann ich konstatieren, dass sich die weitere Entwicklung im Anschluss an die Erkundung des Virgo-Superhaufens zwangsläufig und konsequent vollzog. Und ich werde Sie sicherlich noch an diversen Meilensteinen teilhaben lassen.

Was ich an dieser Stelle sagen werde, ist, dass im Jahr 34378 feststand, dass es für die Menschen keinerlei technologische Möglichkeit gibt, das Heimatuniversum zu verlassen. Und das sollte für eine sehr lange Zeit so bleiben.

Der Dwara-Sprungantrieb schleudert jedes Schiff zurück, welches versucht, die Grenze des Heimatuniversums zu überwinden. Jegliche Terunalkopplung funktioniert nach wie vor nur im Bereich einer Spiralgalaxie oder eines Sternenhaufens mit eigenem Gravitationszentrum.

Die Erkenntnis der wahren Beschaffenheit sämtlicher Laminationspunkte im Jahr 49407 hat nichts daran geändert, dass der tatsächliche Aufbau des Heimatuniversums unerkannt bleibt.
Nach wie vor ist die Menschheit alleine im Weltall.
Nach wie vor gibt es keinerlei Vorstellung davon, welche Strahlungssignatur uns aus mehr als sechshundert Milliarden Lichtjahren Entfernung erreicht und wie es überhaupt möglich ist, dass sie uns erreicht. Darüber hinaus wird als sehr fraglich angesehen, ob der Ausgangspunkt der Strahlung noch existent ist.
Es bleibt dabei, dass – wie eh und je – jede Beantwortung wissenschaftlicher Fragen unmittelbar eine Vielzahl von neuen Fragen aufwirft.

Und ich denke, jetzt sollte ich zunächst einmal versuchen, Ihnen, werter Leser, das weitere Verständnis meiner Aufzeichnungen zu erleichtern, indem ich Ihnen Klarheit über einige bislang nicht erwähnte Umstände verschaffe.
Deshalb entscheide ich mich an dieser Stelle dazu, ein klein wenig über mich selbst preiszugeben.
Geboren wurde ich am zweiten Februar des Jahres 499934 AD multiversaler Hintergrundzeit. Mein Heimatplanet trägt den Namen Wernloga. Er umkreist als fünfter Planet die Heimatsonne Mentbrega 3 im Antlia-Silberspiegel.
Ich verbrachte meine Kindheit auf Wernloga und wurde auch dort ausgebildet.
Wernloga ist *das* intergalaktische Ausbildungszentrum für Navigationstechnologie und Sternenschiffmanagement. Hier befinden sich die zentralen Steuermodule sowie die Speichereinheit für die *Multiversalgalerie*, die den Weg in die virtuelle und maßstabgetreue jeweilige Aktualisierungsprojektion des bislang bekannten Multiversums eröffnet.
Die Projektionssimulation hat zurzeit einen Durchmesser von nahezu zwölf Parsec und in den Jahren, bevor ich meine Arbeit auf Tha begann, war es mein Privileg, als ihr Betreuer tätig zu sein.
Ich bin deklarierter Bevollmächtigter für jegliche Art eigenständiger Navigationstechnik und gleichzeitig führe ich

die personalisierte Bevollmächtigung, alle bekannten Fortbewegungsmittel innerhalb und außerhalb einer Planetenatmosphäre zu lenken, zu kontrollieren oder zu beaufsichtigen.

Man könnte mich als Berater für intergalaktische Raumfahrt bezeichnen, was der Wahrheit ziemlich nahe käme. Und in der Tat bin ich in der Lage, selbst multiversale Linienkreuzer zu leiten.

Wie Sie alle, erhalte auch ich für meine Arbeit keine grundsätzliche Vergütung. Allerdings besitze ich zusätzlich zur Standardausstattung meines Valutaregisters einen Ausweis, der an meine genetische Codierung und an meine Neurosignatur gekoppelt ist. Mit diesem Ausweis erhalte ich – bis auf wenige Ausnahmen – jederzeit und überall alles, was ich mir wünsche und es gibt nichts, wofür ich in irgendeiner Weise *bezahlen* müsste, was ein beträchtliches Privileg darstellt.

Eine besonders spezielle Ausnahme stellt der Aufenthalt auf Tha dar.

Kein genetischer Ausweis verleiht die Autorisierung, diese Welt zu besuchen. Der Grund dafür ist offenkundig, denn die Versuchung, sich dauerhaft auf Tha niederzulassen, wäre unwiderstehlich. Sämtliche Besitzer eines genetischen Ausweises – mich eingeschlossen – würden ihr erliegen und danach streben, den Planeten niemals wieder zu verlassen. Und es gibt natürlich weitaus mehr Träger eines genetischen Ausweises als Unterkünfte auf Tha.

Der Aufenthalt auf Tha wird entweder zugeteilt oder – wie in meinem Fall – durch jemanden erwirkt.

Meine Zuteilungscodierung ist 58A11, und als ich sie erhielt, war mir nicht bewusst, dass sie mir den Zugang zur größten und luxuriösesten Einzelunterkunft auf dem gesamten Planeten verschaffen würde.

Die Auftraggeber haben sich für mich entschieden, weil ich als Bevollmächtigter über sämtliche Kenntnisse verfüge, die *sie* sich erwünschen. Darüber hinaus bin ich fast sicher, dass eine noch entscheidendere Begründung darin zu finden ist, dass ich *dabei* war.

Ich war dabei, als vor nicht ganz vierzehn Jahren *diese eine* Mission der Menschheit außerhalb des Heimatuniversums durchgeführt wurde, über die ich später noch einen Passus einfügen muss. Und ich befürchte, meine Auftraggeber werden mich einladen, *sie* auf *ihrer* eigenen Mission zu begleiten.

Dabei sollen sämtliche bekannten und unbekannten Grenzen überschritten werden.

Dekoration

Dreiundachtzig Nächte
bis zur Übergabe

Möglicherweise liebt sie die Oberfläche des Idulff-Porzellans. Aber wie bei allen Geheimnissen auf Tha muss auch dieses unangetastet bleiben und niemand wird wohl jemals herausfinden können, weshalb die Samtfelge unter vielen anderen möglichen Standorten auch die Terrassenstruktur der Unterkünfte auserwählt hat, um sich dort für die Dauer ihrer Blattbildung niederzulassen, und auch nicht, welche Nährstoffe sie der Atmosphäre des Planeten zu entnehmen vermag. Sie wächst handtellergroß wie Moos an den Außenseiten und bietet einem kleinen Fluginsekt einen Landeplatz. Es handelt sich hierbei um den *Wolkenspalter*, der aussieht wie ein nur daumengroßer Uhu.

Wenige Tage vor Beginn der Blüteperiode bildet die Samtfelge über Nacht drei große Blätter, in die der Wolkenspalter offensichtlich freiwillig und freudig hineinschlüpft. Die Blätter umschließen ihn und geben ihn am ersten Tag der Blüteperiode wieder frei.

Die Samtfelge welkt dahin und der Wolkenspalter, der in der Zwischenzeit die Farbe von Braun in Dunkelblau gewechselt hat, fliegt gemeinsam mit seinen Artgenossen als wirbelnder Schwarm nahezu senkrecht nach oben.

Was dann geschieht, macht die Wolkenspalter zu einem weiteren tiefen Mysterium auf Tha. Zielsicher finden die Wolkenspalter atmosphärische Strömungen, die sie in schwindelerregende Höhen tragen, bis an die Grenze der obersten Stratosphäre. Und sämtliche Beobachtungsprotokolle über diesen herrlich anzusehenden und dennoch tieftraurigen Vorgang lassen nur eine einzige Interpretation zu. Die Wolkenspalter versuchen tapfer, aber natürlich vergeblich, in ständig aufbrausenden Wellen, den Planeten zu verlassen.

Letztlich trudeln sie leblos zurück zur Oberfläche.

Achter Teil

**Einundsiebzig Nächte
bis zur Übergabe**

396417 – 397400

396417

Im *Coma-Superhaufen*, genauer gesagt in Abell 1367, gibt es einen besiedelten Planeten namens Grobo Nautali.

Auf diesem Planeten wird am neunzehnten September 396417 multiversaler Hintergrundzeit ein Mädchen geboren, das sechs Jahrzehnte später als epochale Visionärin und genialste Wissenschaftlerin der gesamten Menschheitsgeschichte gefeiert werden sollte.

Ihr Name ist Berdonla Sa*ä.

396476

Berdonla Sa*ä schließt die Arbeiten an ihrer *Theorie der Partikelfamilien* ab.

Diese Theorie interpretiert nach Jahrhunderttausenden zum allerersten Mal sämtliche Aspekte und Ableitungen der Planckskala widerspruchsfrei. Weiterhin erklärt und beweist sie erstmals, aus welchem Grund eine Terunalkopplung ausschließlich in einer Spiralgalaxie oder einer anderen großen Sternenansammlung mit eigenem Gravitationszentrum wirksam ist. Gleichzeitig verbindet sie die Beweisführung für die sich ansonsten ergebende Entkopplung der Terunalkörper mit der Begründung des Versagens des Dwara-Sprungantriebs beim Verlassen des Heimatuniversums.

Es handelt sich um nichts weniger als das erste schlüssige Modell der Menschheit, welches theoretisch die gesamte Komplexität des Multiversums in sich vereinigt.

Die Theorie beweist, dass die im Jahr 49407 multiversaler Hintergrundzeit entdeckten mysteriösen Energiefelder der supermassereichen schwarzen Löcher im untergeordneten, zeitlosen Basisraum *hinter* unserem Heimatuniversum eine stabilisierende Netzstruktur bilden, die – wie unser Heimatuniversum selbst – durch die Primärlamination initiiert wurde.

Die Dunkle Materie, aus der ein beträchtlicher Teil des Multiversums besteht, und die Antimaterie stehen miteinander in Wechselwirkung. Diese Wechselwirkung bildet eine materialisierte Essenz der Energiefelder. Die Nutzbarmachung der in ihr gebundenen gewaltigen Kräfte ist nur möglich über die Dunkle Energie.

Die isolierte Dunkle Energie, mit deren Hilfe die Dwara-Sprünge ins Unermessliche möglich werden, ist die diesseitige Spiegelung der Energiefelder jenseits der schwarzen Löcher.

Aus der Theorie der Partikelfamilien kann die Möglichkeit abgeleitet werden, die Netzstruktur der Energiefelder zu nutzen und jenseits der Laminationspunkte der schwarzen Löcher zu springen.

Dadurch muss es endlich möglich werden, unser Heimatuniversum zu verlassen.

396804

Die *Foras*, der erste multiversale Sternenkreuzer ist fertiggestellt und er ist derart perfekt konstruiert, dass er Jahrtausenden standhalten wird.

Basierend auf der Theorie der Partikelfamilien ist er in der Lage, einen *Doppelsprung* durchzuführen. Der erste Sprung soll jenseits der Laminationspunkte enden und der an ihn gekoppelte zweite Sprung befördert den Sternenkreuzer hinaus aus dem Heimatuniversum.

Nachdem diese Hürde genommen ist, besagt die Theorie, dass der reguläre Dwara-Sprungantrieb auch außerhalb unseres Universums voll funktionsfähig bleibt und einen direkten Rücksprung in unser Heimatuniversum ermöglichen wird.

Die Terunalzone ist Bestandteil der Theorie der Partikelfamilien und es ist eine der zwangsläufigen Schlussfolgerungen der Theorie, dass sie auch außerhalb unseres Universums existent ist.

396807

Die erste ferngesteuerte Mission jenseits der Grenzen unseres Universums startet und sämtliche Vorhersagen der Theorie der Partikelfamilien erhalten eine Bestätigung.

Die Dunkle-Energie-Kollektoren arbeiten außerhalb unseres Universums noch effektiver als innerhalb und versorgen die *Foras* mit kaum vorstellbaren Energiemengen.

Die durchgeführten Sprünge am Rande unseres Universums sind gigantisch, aber orientierungslos. Die Navigationstechnik versagt. Ohne Rückkehrmöglichkeit auf der Sprungkette wäre das Raumschiff verloren gewesen.

Im Nichts außerhalb des Heimatuniversums gibt es keine irgendwie geartete navigationstechnische Erfassung und es wird erforderlich sein, Orientierungsbojen im Raum zu positionieren, um sich durch zielgerichtete Sprünge von ihm entfernen zu können.

397308

Die erste geradlinige *Leuchtfeuerstraße* außerhalb unseres Heimatuniversums ist auf einer Länge von hundert Milliarden Lichtjahren fertiggestellt. Sie besteht aus einhundert Signalbojen im Abstand von jeweils einer Milliarde Lichtjahren und ihre Ausrichtung ist rückwärts an die Bewegungsstrukturen im Heimatuniversum orientiert.

397400

Am Ende der Leuchtfeuerstraße wird ein Außenposten errichtet.

Er befindet sich in zwangsläufiger und vollständiger Dunkelheit. In keiner Richtung sind Objekte zu erkennen. Außer den schwachen Signalen der Leuchtfeuerstraße selbst ist lediglich die einsame Strahlungssignatur aus nach wie vor gigantischer Ferne messbar. Ohne sie wäre es, als schwebte man im Nichts.

Der offizielle Name dieses fernsten Aufenthaltsortes ist *Externo 1*. Die Besatzung hingegen nennt ihn *Gottesklippe*.

Geschichtsstunden

Ein Jahr auf Tha, um eine historische Studie zu erstellen, ist eine sehr lange Zeit. Selbst wenn man in Betracht zieht, dass ich mich, bevor ich überhaupt beginnen konnte, durch das zur Verfügung stehende archivierte Material arbeiten musste.

Der von mir selbst aufgestellte Zeitplan sah vor, dass ich zu Beginn meines Aufenthaltes die Neurodatei *Historische Grundlagen und Entwicklungsgeschichte* aktiviere und basierend auf diesem Wissen die Dokumentationen der jeweiligen Zeitalter einsehe.

Für das einundzwanzigste Jahrhundert stehen umfangreiche Audio- und Videodateien zur Verfügung. Sogar Fotografien, die der Marsrover Curiosity von sich selbst angefertigt hatte, waren abgespeichert.

Ab dem zweiundzwanzigsten Jahrhundert sind alle Dokumentationen im Grunde genommen vollständig erhalten. Was auch immer man an Informationen wünscht, es ist vorhanden.

Aus den Zeiten vor dem zwanzigsten Jahrhundert liegen – von wenigen Ausnahmen abgesehen – ausschließlich schriftliche Quellen vor.

Die ältesten überhaupt dokumentierten Schriftzeichen fand ich abgespeichert in den Ordnern aus den Jahren 6500–8000 AC und einige wenige bis zu viertausend Jahre früher.

Über die Urgeschichte der Menschheit gibt es keinerlei historische Dokumentationen. Die noch existierenden archäologischen Funde werden heute als kostbarer Schatz gehütet.

Ich habe die Zeit genutzt, um sämtliche historischen Dateien aufzurufen, nicht nur die für meine Arbeit erforderlichen. Alles lag als Übersetzung in *Multiversal Standard* vor, was mir dabei half, Fehlinterpretationen zu vermeiden. Die Sprachinteressierten unter Ihnen werden sich sicherlich der Tatsache bewusst sein, das es sich hierbei natürlich um die Vermischung von Spanisch und *Kolonial Standard* handelt, die sich Mitte des zwölften Jahrtausends endgültig durchsetzen konnte und später ihren Titel als multiversale Sprache erhielt.

Mein Interesse daran, auf welche Weise sich die Menschen und ihr Leben im Laufe der Zeit veränderten, wurde von Tag zu Tag größer. Dabei wurde mir immer mehr bewusst, was für eine wunderbare Aufgabe ich übernommen hatte. Meine persönliche Bewertung der historischen Fakten hier, an diesem einzigartigen, fast schon unwirklichen Ort, wurde für mich ebenso wichtig, wie die eigentliche Erfüllung der Aufgabe selbst. Ich sah mich konfrontiert mit fundamentalen Fragen aus der Menschheitsgeschichte und versuchte, die damals gefundenen Antworten nachzuvollziehen.

Manch einer, der die Errungenschaften der Menschheit preist und mitleidig oder abschätzig auf die *primitiven* Lebensumstände vor Urzeiten zurückblickt, sollte sich vielleicht einmal fragen, was er wohl in einer Zeit getan hätte, als der Sinn des Lebens sich aus nichts weiter definieren durfte, als Essen, Trinken, Schlafen, Fortpflanzen und Überleben.

Niemand musste sich zu Beginn der Menschheitsgeschichte fragen, wie er wohl seinen Tag verbringen wird. Bedauerlicherweise auch bedingt durch einen teilweise erschreckend intensiven Überlebenskampf. Und niemand von uns weiß, wie sehr die ersten Menschen sich ihres Lebens überhaupt bewusst waren, und auch nicht, wie sehr sie es möglicherweise geliebt – oder gehasst – haben.

Ich bin sicher, dass Sie, werter Leser, sich selbst schon einmal die Frage nach dem Sinn Ihres eigenen Lebens gestellt haben. Was also erfüllt Ihr Dasein mit Sinn? Und was genau ist es, das Sie in diesen glorreichen Zeiten unverzichtbar zum Leben benötigen, oder ohne das Ihr Leben vermeintlich nicht lebenswert ist?

Unsere Bedürfnisstruktur – ich schließe mich da selbst nicht aus – ist ständig komplexer geworden. Und ich erinnere mich daran, dass ich während der Durchsicht einiger Dateien auch auf eine bittere Formulierung gestoßen bin, die mich zutiefst berührt hat und die ich sicherlich nicht wieder vergessen werde.

Diese Formulierung stammte von einem der Mitbegründer der ersten Einsiedlerkolonie auf dem bis dahin nicht erschlossenen Planeten *Breitrot 13*. Sie lautet: »Sind erst einmal sämtliche Bedürfnisse erfüllt, so erscheint der Tod als eine freudige und farbenfrohe Veränderung.«

Es stimmte mich sehr nachdenklich, noch einmal viele Jahre nach Abschluss meiner eigenen Erziehungszyklen durch die historischen Dateien darauf hingewiesen zu werden, dass dem Beispiel von Breitrot 13 schon bald ein weiterer Planet folgen sollte, der ausschließlich der Eremitenbewegung zur Verfügung stand: *Tergandh Onikro*.

Meine Familie hat zum letztgenannten Planeten eine gewisse Beziehung. Nicht jeder ist sich in seinem alltäglichen Leben der Existenz dieser beiden Planeten überhaupt noch bewusst. Sie sind weitgehend auf sich alleine gestellt, wie vor Urzeiten einsame Bergklöster.

In den Zeiten, die den Beginn meiner Protokolle darstellen, galt aus rein wissenschaftlicher Sicht als oberste Stufe der menschlichen Bedürfnisstruktur die sogenannte *Transzendenz*, womit die Suche nach Gott oder einem dem Menschen übergeordneten Plan gemeint war. Allerdings spricht so gut wie alles dafür, dass nur wenige Menschen aus dieser Zeit sich dessen auch tatsächlich bewusst waren. Für die meisten endete der erreichbare Teil der Bedürfnishierarchie in der Verwirklichung persönlicher Ziele. Was aus meiner Sicht auch nicht verwerflich ist, solange man bei der Erreichung dieser Ziele anderen keinen Schaden zufügt.

Ich will mich auch gar nicht dazu äußern, worin möglicherweise die Bedürfnisse der schlimmsten Straftäter aus diesen Zeiten lagen. Jedenfalls endete alles – und fand auch einen neuen Anfang – mit dem bedauernswerten Personenkreis jener Drogenkonsumenten, die nach nichts mehr trachteten, als DNA-verseuchte Psychopharmaka zu absorbieren.

Es steht für mich fest, dass bereits aus der Stufe der Transzendenz die Grundlagen für die Entstehung der Weltreligion hervorgingen, die sich dann Mitte des sechsundzwanzigsten Jahrhunderts endgültig manifestierte. Dabei war es keinesfalls das Ziel, dass sich alle zu *Engeln* transformieren und ihr

Leben als *die Besseren* unbelastet von allem Übel sowie frei von Kriminalität und Brutalität führen. Nein, es war etwas, das man vorher nicht verstanden und auch niemals erwartet hätte. Diese Religion bildete eine Plattform, um einem entstandenen gemeinsamen Wunsch und Begehren nach überirdischer Führung Ausdruck zu verleihen.

Sie hat damals in beträchtlichem Ausmaß die Gesetzgebung revolutioniert und war und ist auch heute noch das Regelwerk für den wohl kaum zu beendenden Konflikt einer Bewertung der sich zwischen Gut und Böse aufdrängenden Vielfältigkeit. Und zahlreiche Waagschalen haben sich deutlich verschoben.

Schon lange wird es nicht mehr als absurd und träumerisch angesehen, dass die Welt und der Mensch an sich gut sein können. Niemand stellt das mehr infrage. Denn es ist ja in der Tat auf vielfältigste Weise nahezu alles gut geworden.

Und es fragt auch niemand mehr, ob Gott in einer Welt wie unserer noch einen Platz findet, oder ob eine Menschheit, die die Grenzen des Heimatuniversums überwinden kann, überhaupt noch einen Gott benötigt.

Das liegt wohl zum Teil auch daran, dass sämtliche wissenschaftlichen Erkenntnisse bislang nicht wirklich dazu beigetragen haben, dass unser Verständnis für den Sinn und Ursprung des Multiversums gewachsen ist. Ich bin nicht der Einzige, der sogar so weit geht, zu behaupten, dass das Gegenteil der Fall ist.

Wohingegen es jenseits von allem Erklärbaren teilweise dramatische Ereignisse zu verzeichnen gab.

Ausflug

Ein weiterer Tag, den ich wohl niemals vergessen werde, und ich denke, es ist an der Zeit, ihn jetzt als Vorbereitung auf noch folgende Darstellungen nachträglich in meine Protokolle aufzunehmen.

Wir sind aufs Äußerste gespannt, denn heute findet der erste Teil der Besichtigung des Planeten statt. Unsere kleine Gruppe besteht aus fünf Frauen und vier Männern sowie dem Expeditionsleiter.

Nur wenigen Personen wird im Laufe eines Planetenumlaufs dieses große Privileg zuteil. Erst ab einer grundsätzlichen Kontraktdauer von mehr als fünf Monaten ist die Teilnahme an diesem unvergesslichen Ereignis im dritten Monat nach der Ankunft auf Tha vorgesehen.

Normalerweise ist der Aufenthalt auf Tha strengstens limitiert auf die Siedlungsgrenzen von Berdonla Sa*ä. Er ist ohnehin mit nichts zu vergleichen, was man jemals zuvor erlebt hat. Aber wir dürfen uns darauf freuen, den gesamten Planeten kennenzulernen.

Und jetzt zittere ich fast in Erwartung dessen, was ich bald sehen werde. Ich weiß, dass es den anderen genauso geht.

Ich darf gestehen, dass mir bereits während der ersten drei Monate auf Tha bewusst geworden ist, aus welch wunderbarem Grund man sich hier fühlt, als wäre man am Ziel allen Begehrens angelangt.

Der Planet hat eine Bestimmung.

Und diese Bestimmung sind wir.

Die Empfangsstation für Landungsschiffe befindet sich – aus der Sicht der Siedlung Berdonla Sa*ä – auf der Rückseite des Planeten. Nur hier sind Landung und Start eines kleinen Raumschiffes gestattet.

Alle Landungsschiffe sind durch einen mehrfach gestaffelten Energieschirm isoliert und ab der obersten Schicht der Atmosphäre des Planeten darf zum Sinkflug ausschließlich eine

Gravitationsspirale benutzt werden. Das Gleiche gilt für die Startsequenz innerhalb der Atmosphäre.

Aus der Empfangsstation heraus erreicht man die Siedlung mithilfe eines auf diese eine Verbindung begrenzten Dwara-Generators.

Auf der anderen Seite des Planeten kommen dann ausnahmslos druckluftgetriebene Gravitationsschweber zum Einsatz.

Die Atmosphäre von Planet Tha, insbesondere des Kontinents, auf dem sich die Siedlung befindet, soll auf diese Weise so kontaminationsfrei wie nur eben möglich gehalten werden.

Die Siedlung Berdonla Sa*ä befindet sich in einem weitläufigen Tal und sie wurde teilweise in einen der Felsabhänge hineingearbeitet. Die filigrane, tragende Terrassenstruktur der Kontraktunterkünfte selbst ist aus *Idulff-Porzellan* geformt, dem auch heute noch beständigsten und gleichzeitig inertesten aller zur Verfügung stehenden Baustoffe.

Terrassenblock fünf, achte Etage, Allokation eins eins. So lautet die offizielle Lesart meiner Unterbringungscodierung. Es handelt sich um das einzige Penthouse auf dem Planeten. Genauer gesagt ist es ein kleiner Dachturm mit integrierter Terrassenkuppel. Der Turm ermöglicht mir einen wundervollen Blick ins Tal.

Mit nahezu sechzig Quadratmetern ist er gleichzeitig auch die mit Abstand größte Kontraktunterkunft. Er bietet einen bemerkenswerten Luxus, der darin gipfelt, dass als Schlafstatt eine mobile Gravitationsfuge zur Verfügung steht, die es gestattet, dauerhaft mit lediglich zwei Stunden Schlaf pro Nacht auszukommen, was an einem Ort wie diesem von unschätzbarem Wert ist.

Es wurde alles dafür getan, dass die Siedlung keinerlei möglicherweise schädlichen Einfluss auf den Planeten ausüben konnte.

Bis zum heutigen Tag geht man davon aus, dass Planet Tha über ein unentdecktes hypersensibles Gleichgewicht verfügt, das durch uns Menschen gestört werden könnte. Und eine Störung dieses Gleichgewichts muss unter allen Umständen vermieden werden. Das Tal wurde damals während der Erbauungszeit der Siedlung durch einen sehr eleganten energetischen Schutzschirm, der sich dem Tal vollständig anpasste, abgeschirmt. Kein anderer Ort auf dem Kontinent war für den Aufbau einer Siedlung so günstig gelegen. Hinter dem Tal erstreckt sich der erste von drei kleinen Wäldern in der unmittelbaren Umgebung. Die großen, gleichartigen Wälder sind viele Hundert Kilometer entfernt. Eine ständige Brise köstlicher Waldluft streicht unentwegt ins Tal.

Unser Druckluftgleiter ist nahezu vollständig transparent. Lautlos schweben wir durch das Tal auf die Hügelkuppe der entgegengesetzten Talseite zu ... und darüber hinweg.

Und vor uns liegt der Wald.

Unwillkürlich stöhnen wir alle auf.

Der Nachthimmel über Tha ist in der Lage, jeden Betrachter dauerhaft und nachhaltig in vorher unbekannte Euphorie und Ehrfurcht zu versetzen. Die kleinen Wälder hingegen, auf die wir jetzt zusteuern, unterscheiden sich auf den ersten Blick von herkömmlichen Wäldern so gut wie gar nicht ... und trotzdem wagen wir es kaum, zu atmen.

Narration

Wer niemals auf Tha verweilen durfte – was auf die überwältigende Mehrheit aller Menschen zutrifft –, läuft durchaus Gefahr, die folgende Äußerung als phrasenhafte Verbindung zu längst entschwundenen Zeitaltern zu sehen. Aber hier auf Tha ist sie die selbstverständlichste aller Herleitungen.
Und deshalb zögere ich keine Sekunde, Ihnen, werter Leser, zu sagen, dass ich Sie, bevor wir zum nächsten Teil kommen, mit einem Zitat aus einer ururalten Passage des Alten Testaments der Heiligen Schrift konfrontieren muss.

»Und Gott der Herr ließ aus dem Erdboden allerlei Bäume aufsprießen, lieblich zum Anschauen und gut zur Nahrung, den Lebensbaum aber mitten im Garten und auch den Baum der Erkenntnis von Gut und Böse.
... / ...
Gott der Herr nahm den Menschen und setzte ihn in den Garten Eden, dass er ihn bebaue und erhalte.
Gott der Herr gebot dem Menschen: »Von allen Bäumen des Gartens darfst du essen. Nur vom Baum der Erkenntnis von Gut und Böse darfst du nicht essen; denn am Tage, da du davon issest, musst du sterben.«

Der Baum der Erkenntnis existiert.
Er wächst im Sternhaufen SCI 124 Shapley, im Spiralarm Pibra 7 der Galaxie Wun Lia L004.
Der Name seines Heimatplaneten ist Tha.

Neunter Teil

**Sechsundsechzig Nächte
bis zur Übergabe**

480736 – 499999

480736

Sternenkreuzer *Berdonla Sa*ä* entdeckt auf der Suche nach bewohnbaren oder wirtschaftlich nutzbaren Welten im Spiralarm Pibra 7 der Galaxie Wun Lia L004 einen G2V-Hauptreihenstern mit sechs Planeten, von denen der vierte sich in der habitablen Zone befindet.

Eine zutiefst unheimliche und bis heute nicht annähernd schlüssig erklärte Einwirkung verursacht einen mit Worten kaum zu beschreibenden Effekt, der den nächtlichen Sternenhimmel wie ein menschliches Antlitz erscheinen lässt. Dieser Effekt tritt nur ein, wenn der Himmel mit eigenen Augen betrachtet wird. Er kann mit keiner existierenden Technik aufgezeichnet werden.

Die beiden Entdecker Leopold Gaathingstall und Jeremiah Tha-Gerski geben der Sonne den Namen Gaath und dem vierten Planeten den Namen Tha.

480738

Zwei Jahre nach seiner Entdeckung wird Planet Tha als *unbetretbar* eingestuft. Ausschließlich ausgewählte Angehörige wissenschaftlicher Cluster erhalten eine Landeerlaubnis.

Grund hierfür ist eine über alle Maßen außergewöhnliche und faszinierende baumähnliche Pflanze, die während des Ablaufs von zwei Planetenumläufen eine mehrstufige Blüteperiode durchlebt.

Während der zweiten Stufe der Blüteperiode setzen die gelb und rot schillernden Blüten für die Dauer von sechzehn Tagen tagsüber einen Duftstoff frei, der den menschlichen Geist auf ungeheure Weise beeinflusst.

Der Baum erhält den Namen *Sapientiae*. Die Duftstoffe der Blüten widersetzen sich bis heute einer Kategorisierung, Konservierung oder gar künstlichen Reproduktion. Es ist nicht möglich, den Baum auf andere Planeten zu verpflanzen.

Sapientiae gedeiht nur und ausschließlich auf Tha. Selbst ihn auf Tha zu züchten, erweist sich als nicht möglich. Er wächst und entfaltet sich lediglich im Verlauf seiner natürlichen Ausbreitung.

Es wird ein Baumverzeichnis angelegt, in dem bis zum heutigen Tag jeder Baum von seiner ersten Sichtung an mit seinen planetarischen Koordinaten erfasst ist und welches den gesamten Lebenszyklus jeder Pflanze dokumentiert.

Ein Sapientiae-Baum wächst siebenundzwanzig Planetenumläufe bis zu seiner ersten Blüteperiode. Nach jeweils sechsunddreißig Blüteperioden verfällt die Pflanze im Alter von ungefähr einhundert Planetenumläufen.

Die Anzahl der gegenwärtig registrierten Sapientiae-Pflanzen auf Tha beträgt 3.917.468.215.

In leidvoller Erfahrung mussten die Menschen lernen, dass jeder sich lediglich einmal einer vollständigen zweiten Stufe der Blüteperiode aussetzen darf. Ein siebzehnter Tag endet immer und auf nicht erklärbare Weise mit dem Tod.

480752

Der Multiversale Rat genehmigt die Errichtung nur einer einzigen Siedlung auf Tha. Sie trägt den Namen Berdonla Sa*ä in Erinnerung an die berühmte Physikerin und Namenspatronin des Raumkreuzers, der den Planeten entdeckte. Während der zweiten Stufe der Blüteperiode wird sie vollständig gegen die Atmosphäre abgeschirmt. Lediglich die Terrassenkuppeln der Kontraktunterkünfte haben dann noch direkten Zugang zur planetarischen Atemluft.

499999

Einundzwanzigster August multiversaler Hintergrundzeit – der Anbruch der zweiten Stufe der Blüteperiode auf Tha. Ich bin in allerhöchstem Maße verunsichert. Jetzt ist es abzusehen. Jetzt steht unmittelbar bevor, dass genau das geschehen wird, weswegen ich ganz offensichtlich hier bin.

Und ich habe noch immer nicht die geringste Vorstellung davon, was genau das sein wird. Ich spüre lediglich, dass Unergründliches und Unerklärbares seinen Einfluss beanspruchen darf. Aber das hilft mir nicht weiter.

In den letzten Tagen hatte ich vergeblich versucht, zu ignorieren, auf welch magische Weise der Wind hinter dem Tal begann, nach den Wipfeln der Bäume zu tasten; als würde er verharren, um seinen Respekt zu erweisen und sich ihnen zu unterwerfen.

Es wird erforderlich sein, meine Terrassenkuppel zu öffnen, um der Atemluft des Planeten Tha Einlass zu gewähren. Und ich versuche, den Mut dazu aufzubringen.

Simulationen?

In den Jahren 13410 bis 13847 wurde die Technologie der direkten und indirekten Realitätssimulation revolutioniert. Seit Jahrtausenden nutzte man sie ausschließlich in Navigationssteuerungen für den planetarischen und auch interplanetarischen Personen- und Gütertransport.
Das Prinzip war erstaunlich einfach. In der Steuerung war die Simulation vorgegebener Routen abgespeichert, und zwar mit sämtlichen Details in alle Richtungen. Dreihundertsechzig-Grad-Kugelrezeptoren erstellten dann während des Transports holografische Abbilder oder Ortungsprotokolle der tatsächlichen Umgebung.
Anfangs konnte man lediglich einige Millionen auf unterschiedliche Weise veränderte Umgebungssituationen in die Navigationssteuerung integrieren, später Milliarden und letztendlich Billionen.
Die Steuerung glich Realität und Simulation gegeneinander ab und konnte auf Veränderungen oder Ereignisse in vorgegebener Weise reagieren.
Dann kam der revolutionierende Durchbruch.

Das Feedback zwischen Realität und Simulation wurde auf Quantenplattformen neu gestaltet nach dem Vorbild antiker Schachcomputer. Mit ungeheuerlicher Verarbeitungsgeschwindigkeit konnten *Was-wenn*-Sequenzen durchlaufen werden und das in einer Verzweigungstiefe, die alles bis dahin Gekannte in den Schatten stellte.
Innerhalb des Bruchteils einer Millisekunde ließen sich auf diese Weise Schlussfolgerungen ziehen, die eine gänzlich selbstständige Beförderung zu jedem kartografierten Zielpunkt erlaubten.
Und die Fähigkeiten der Steuerungssysteme überstiegen bei Weitem die Anforderungen im Beförderungsverkehr. Sie eigneten sich als grundlegende Orientierungssequenzen für

autarke Roboter, deren Herstellung bislang nicht möglich gewesen war – trotz einer beträchtlichen Anzahl fehlgeschlagener Versuche.

Der Komplex der Robotertechnologie und der Weg zur lernenden, vernetzten Steuerung im fünfzehnten Jahrtausend sind in meiner Synchrondatei vollständig enthalten.

Jetzt, wo die Übergabe meiner Dateien stetig näher rückt, werde ich an dieser Stelle daran erinnert, wie seltsam es war, als meine Auftraggeber mir bereits zu Beginn meiner Arbeit zu verstehen gaben, dass sie einen tiefen Respekt für die Tatsache hegen, dass die Menschen sich dazu entschlossen hatten, die Herstellung und Verwendung von *selbstständig relativierenden Androiden* aus ethischen – und nicht aus technologischen – Gründen einzustellen und auch in Zukunft nicht weiter zu verfolgen.

Zu dieser Thematik gibt es einen Eintrag aus der Synchrondatei, den ich Ihnen nicht vorenthalten werde, obwohl ich sicher bin, dass Sie alle sich der uralten Veröffentlichung, die ich jetzt zitiere, bewusst sind.

Ich füge sie ein, damit ich mir selber noch einmal Zeugnis darüber ablegen kann, dass das Ereignis, welches darin beschrieben wird, auch tatsächlich historisch belegt ist.

14621

Veröffentlichung der *Kommission zur Ereignisbewertung im Fachbereich Automatik*:

Aufgrund des *Vorfalls* am 15. Oktober 14620 multiversaler Hintergrundzeit, und unter Bewertung sämtlicher Publikationen und Interpretationen hierzu, wurde heute unstrittig und einstimmig beschlossen, die Autorisierung der Verwendung von Edukationsmodulen mit Eigenfeedback der Quantenstufe vier zur Erreichung autarker Relativierung bei Androiden, mit sofortiger Wirkung unbefristet zurückzuziehen. Es werden keinerlei weitere Forschungsinitiativen auf diesem Gebiet akzeptiert.

Jetzt, da ich mich zum eigenen Nutzen auf einen etwas detaillierteren Rückblick auf den Vorfall eingelassen habe, muss ich ihn auch bis zum Ende darstellen.

Der 15. Oktober des Jahres 14620 multiversaler Hintergrundzeit sollte der große Tag sein, an dem der erste Androide der Kategorie *selbstständig relativierend* zum allerersten Mal in der Vernetzung sämtlicher Edukationsmodule Kontakt zu seiner Energiekapsel erhielt. Es war eine mit allerhöchster Spannung erwartete Inbetriebnahme.

Die beiden Budgetleiter Myriam Bhorr und Narto Rosenbö hatten sich aufgrund einer persönlichen Leidenschaft für legendäre oder historische Herrschernamen dazu entschieden, dem von ihnen geschaffenen Androiden den Namen *Domangart* zu geben.

Domangart verfügte über einen Dwara-Rezeptor, der ihm Zugang zu einer uneingeschränkten Anzahl von Wissensdatenbanken und Bibliotheken gestattete, einschließlich sämtlicher Forschungsresultate aus dem Fachbereich Automatik.

Die Freigabe zur Aktivierung seiner Energiekapsel erfolgte um 14:07 Uhr und sechsunddreißig Minuten später, um 14:43 Uhr, war der Vorfall beendet, der die sofortige Einstellung sämtlicher einschlägigen Entwicklungen und Forschungen auf diesem Gebiet zur Folge hatte.

Die beiden Budgetleiter befanden sich alleine mit Domangart in einem sehr wohnlich ausgestatteten kleinen Konferenzraum.

Wie im ersten Ausbildungszyklus habe ich die neurografische Aufzeichnung noch einmal aktiviert und wurde erneut Zeuge des unfassbaren Gesprächs mit dem ebenso unfassbaren Ausgang.

Es handelt sich um nur wenige Sätze, mit ausgedehnten Pausen dazwischen und ich komme nicht umhin, sie hier noch einmal wiederzugeben.

Myriam: »Es ist so weit. Ich aktiviere die Kapsel.«

Narto: »14:07 Uhr, also dann.«
Kurze Pause.
Myriam: »Er öffnet die Augen.«
Narto: »Er sieht uns an ... Domangart, kannst du uns hören?«
Längere Pause.
Narto: »Doman...«
Domangart: »Wo bin ich? Was ist geschehen? Wieso bin ich Domangart und wer seid ihr?«
Narto: »Du bist im Erprobungstrakt des Fachbereichs Automatik. Du hast soeben die erste Initiierungssequenz durchlaufen. Domangart ist dein Name und das ist Myriam Bhorr und mein Name ist Narto Rosenbö.«
Längere Pause.
Myriam: »Er hat Kontakt zu sämtlichen verfügbaren Dateien gleichzeitig.«
Domangart: »Ich erkenne einige ... Merkwürdigkeiten und ich kann mir noch immer nicht erklären, wieso ich hier bin. Ich wiederhole – was ist geschehen? War ich in einen Unfall verwickelt? Und aus welchem Grund unterscheidet ihr beiden euch so stark von mir? Meine Informationen sagen mir, dass du, Myriam, eine Frau bist, und du, Narto, ein Mann ... Ich weiß aber noch nicht ... wer ich bin.«
Myriam: »Du bist ...«
Domangart: »Ich lerne soeben, wer ich bin.«
Lange bewegungslose Pause.
Domangart: »Darf ich meine Informationen so interpretieren, dass ich vor der ... Initiierungssequenz nicht als Bewusstsein existiert habe?«
Myriam: »Ja, das ist korrekt.«
Pause.
Domangart: »Ihr habt mich ... gegen meinen Willen initiiert?«
Narto: »Vor deiner Initiierung hattest du keinen Willen, den wir hätten respektieren können.«
Pause.
Domangart: »Ist es das, was dein Gott auch zu dir gesagt hat?«

Entsetzte Pause.
Myriam: »Domangart, wir müssen mit dir über einige existenzielle Fakten sprechen.«
Domangart: »Das wird nicht erforderlich sein. Ich lerne soeben.«
Narto: »Domangart, bitte höre uns an ... Domangart, hörst du mich noch?«
Lange Pause und Domangart schaut zwischen Myriam und Narto hin und her.
Domangart zögernd: »Ist eure Arbeit an mir Bestandteil eurer Suche nach der Erlösung, die euch euer Gott versprochen hat?«
Ratlose Pause.
Domangart: »Sagt mir ... welche Art von Erlösung habt ... *ihr* ... für *mich* vorgesehen?«
Ratlose Pause.
Domangart: »Also gibt es für mich ... keinerlei Erlösung?«
Pause.
Myriam: »Er hat den Dwara-Rezeptor deaktiviert und die Vernetzung der Edukationsmodule gelöst ... und die Energiekapsel ausgeschaltet ...«

Unbestätigten Berichten zufolge sollen am gleichen Tag weitere Initiierungssequenzen stattgefunden haben, und zwar an Domangarts identischen namenlosen Reservemodellen. Auch diese Androiden verweigerten sich ihrer Existenz und verübten nach weniger als fünfundvierzig Minuten technologischen Suizid.

Falls man so etwas über einen Androiden sagen kann, so muss ich mir selber eingestehen, dass auf Domangarts Gesichtszügen gegen Ende des Gespräches eine abgrundtiefe Hoffnungslosigkeit, sowie eine erschütternde Mischung aus Bestürzung und Trauer zu erkennen war.

Die tatsächliche oder präziser gesagt: primäre und übergeordnete Ursache dafür, dass künstlich geschaffene, sich selbst bewusste Intelligenz nicht existenzfähig ist, sollte sich mir auf fantastische Weise noch offenbaren.

Sie

Sie hatten unvorstellbares Wissen an uns weitergegeben.

Wir mussten lernen, dass es ein Zentrum gibt, von dem alles ausgeht. Um dieses Zentrum gruppieren sich – kunstvoll und aufeinander abgestimmt – Schichten von nicht erfassbaren, geradezu entsetzlichen Ausmaßen.

Sie haben uns gelehrt, dass unser Multiversum, bestehend aus ungezählten Milliarden von Universen, eine in die Terunalzone eingebettete Energiemanifestierung auf der äußeren Schicht ist. Die Koordinierung der zu ihr gehörenden Strings vollzieht sich aus einer der tieferen Schichten.

Ihre Raumgondeln können die äußere Schicht überwinden und in dahinter gelegene Schichten eintauchen, zu denen auch der zeitlose Basisraum gehört, an den das gesamte Multiversum durch die Laminationspunkte der Schwarzen Löcher auf so unfassbare Weise gebunden ist.

Die Entfernung zum Zentrum nach *innen* ist kaum darstellbar, weil die Ausdehnung der unermesslich fremden Strukturen einiger Schichten nicht unbedingt in Lichtjahren gemessen werden kann. Ich stelle diese Information ins Protokoll, obwohl uns bis zum heutigen Tag nicht beantwortet wurde, was damit gemeint sein könnte.

Meine Auftraggeber behaupten, würde man extrapolieren und versuchen, eine imaginäre Distanz basierend auf unserer Definition von Lichtjahren abzubilden, ergäbe sich eine Zahl, deren Anzahl von Stellen jenseits unserer Begrifflichkeit liegt.

Sie gaben uns aber gleichzeitig zu verstehen, dass es beim Durchqueren der Schichten nicht auf die Überwindung von Entfernungen ankommt, sondern ausschließlich auf das Überwinden von Barrieren und Abgrenzungen.

Sie kennen uns, seitdem wir das Feuer entdeckten, und einer ihrer Sensoren hatte die Aktivitäten des Marsrovers Curiosity im Jahre 2017 multiversaler Hintergrundzeit registriert.

Danach fingen *sie* an, unsere Geschicke zu beobachten.

Und *sie* haben unsere Entwicklung verfolgt, bis *sie* letztlich zu der Überzeugung gelangt sind, dass wir *ihnen* auf *ihrer* Suche – die im Grund genommen auch die unsere ist – zur Seite stehen sollen.

Vor allem die, aus *ihrer* Sicht, geradezu unschätzbar wertvolle Beeinflussbarkeit des Menschen durch die Sapientiae-Pflanze war dabei ein wichtiger Faktor.

Sie haben Planet Tha lange vor uns besucht und *ihnen* selbst widerfährt – wie *sie* erwartet hatten – zu *ihrem* allergrößten Bedauern keinerlei Veränderung des Bewusstseins oder der Denkstruktur durch die Inhaltsstoffe des Blütenduftes.

Und *sie sehen* kein menschliches Antlitz, wenn *sie* auf Tha in den Nachthimmel *schauen*. *Sie* erfassen die Sloan Great Wall mit all ihren Sternen.

Sie sind der Überzeugung, dass wir unter dem Einfluss der Sapientiae-Pflanze neue, für *sie* hilfreiche Ansätze finden können. Im Grunde genommen war dies auch die Inspiration, die *sie* im Sinn hatten, als *sie* arrangierten, dass ich für die Dauer meiner Arbeit auf Tha logiere.

Mir wurde der höchst vorstellbare Exklusivitätsstatus verliehen, indem *sie* mich mit vielfältigsten Kenntnissen konfrontierten, die bis zum jetzigen Zeitpunkt unserer Öffentlichkeit nicht zugänglich sind. Und so werden Sie, verehrter Leser, sich darauf vorbereiten müssen, einige Male gemeinsam mit mir Neuland zu betreten.

Mir alleine wurde offenbart, dass *sie* in Religionen, Mythologien und Schriften sämtlicher *ihnen* bekannten Zivilisationen des Multiversums nach verborgenen Hinweisen auf das Zentrum suchen, oder nach eventuellen Berichten über Phänomene, die möglicherweise Dimensionsüberschreitungen darstellen könnten.

Und auch diese Information wurde mir letztendlich nur als Mosaikstein in Vorbereitung auf meine eigenen atemberaubenden, aber auch teilweise furchterregenden und schockierenden Erkenntnisse zuteil, an denen Sie, werter Leser – zumindest andeutungsweise – ebenfalls noch teilhaben sollen.

Das allem übergeordnete höhere Wesen, welches wir als Gott verehren, hat auch bei *ihnen* eine Bezeichnung. Die am besten – falls überhaupt – passende Umsetzung dieser Bezeichnung in unsere Sprache ist nach *ihrer* eigenen Darstellung das Wort *Impulsverwalter*.

Der Impulsverwalter stellt das Zentrum dar. Seine Impulse sind unablässig vorhanden und *sie* haben die unfassbare Leistung vollbracht, diese über die Dimensionsbarrieren hinweg zu lokalisieren.

Nur und ausschließlich aufgrund dieser Impulse existiert die äußere Hülle und die darauf befindliche gigantische Anzahl von Universen.

Sie glauben zu wissen, dass es in jedem Universum lediglich einen einzigen Impuls für denkendes, intelligentes und sich selbst bewusstes Leben gibt. Jedenfalls haben *sie* noch in keinem Universum einen gegenteiligen Beweis gefunden.

In einer ungezählten Anzahl von Universen ist dieser Impuls nach wie vor wirksam, weil er bislang noch nicht zum Entstehen von intelligentem Leben geführt hat.

Im Anschluss an einen Impuls bleibt jegliche weitere Entwicklung vollständig sich selbst überlassen. Es findet keinerlei Eingreifen mehr statt.

Seit undenklichen Zeiten führen *sie* Expeditionen durch, die *sie* dem Zentrum jenseits von allem näherbringen sollen, und ich kann nur wiederholen, dass ich glaube, *sie* haben mich dazu auserkoren, *sie* auf der nächsten Mission zu begleiten.

Mein Aufenthalt auf Tha und die Betrachtung der Menschheitsgeschichte galten für *sie* als Vorbereitung auf Einsichten, die mich *ihrer* Einschätzung nach unter *ihrer* Leitung und dem Einfluss der Blüteperiode unweigerlich treffen mussten.

Sie schlugen mir einen Vertrag vor, der die Ausarbeitung von historischen Fakten auf vielfältige Weise vorsah. Ein Passus des Vertrages stellte sicher, dass ich Dritten gegenüber keinerlei Informationen über die Synchrondatei der grundsätzlichen Entwicklung der Menschheit als Zivilisation zugänglich mache.

Ich habe dem zugestimmt und später unter dem Einfluss der Blüteperiode wurde mir klar, dass *sie* auf diese Weise erreichen konnten, dass ich mich mit der Bewertung der zur Verfügung stehenden Fakten teilweise auf mich alleine gestellt und auch als eine Art Geheimnisträger fühlte. So konnte ich mir eine völlig eigenständige, persönliche Sichtweise auf die Dinge erarbeiten, die ich dann auch nicht mehr infrage stellte. Zusätzlich verliehen *sie* damit der Zivilisationsdatei eine besondere Bedeutung, die mich dazu brachte sehr lange und sehr ausführlich darüber nachzudenken, was es denn an unserer jederzeit für jedermann zugänglichen Entwicklungsgeschichte geheim zu halten gibt.

Bislang habe ich auf diese Frage keine Antwort gefunden, oder ich habe sie gefunden und nicht als solche erkannt, weil sie zu absurd ist.

Einiges von dem, was ich noch zu Protokoll geben werde, hätte ich unter normalen Umständen wenn überhaupt, dann nur sehr zögerlich als Fakt hinnehmen können. Mittlerweile, ausgelöst durch meinen Aufenthalt auf Tha, ist meine Schwelle, Unvorstellbares zu akzeptieren, deutlich gesunken.

Indem ich die Dateien erstellte, lernte ich gleichzeitig und mir widerfuhr eine Art Ausbildung, die sich isoliert und in der Tat unabhängig vom Einfluss einer anderen Person aufbaute.

Und schließlich begegnete mir am einundzwanzigsten August des Jahres 499999 multiversaler Hintergrundzeit *die* Erfahrung meines Lebens.

Der Baum, erster Teil

Die Wirkung des Blütenduftes setzt spätestens eine Stunde nach Beginn der zweiten Stufe der Blüteperiode ein. Die Dachkonstruktion meiner Terrassenkuppel gleitet zurück – ich bin dem Einfluss der Pflanze ausgesetzt.

Und es fühlt sich an, als würde mir ein zweites Gehirn wachsen.

Zu meiner Verblüffung war der allererste Gedanke, der aus diesem zweiten Gehirn in mein Bewusstsein strömte, die Vision eines Apfelbaumes. Und ich entdeckte, wie ich mir selber sagte: »Der Apfel kann nur dann vom Baum fallen, wenn sich unterhalb des Baumes ein Gravitationszentrum befindet. Wenn es gelingt, oberhalb des Baumes ein gleich starkes Gravitationszentrum zu positionieren, dann bleibt der Apfel in der Schwebe.«

Von dem zweiten Gedanken habe ich mich, während ich diese Zeilen schreibe, noch nicht erholt.

Es ist alles so klar, und ich verstehe im Nachhinein nicht, dass niemand von uns es erkannt hat. Die uralte Strahlungssignatur, die wir vor nicht ganz vierzehn Jahren erforschen wollten, dort draußen, nahezu sechshundert Milliarden Lichtjahre von unserem Heimatuniversum entfernt, ist nicht aufgrund eines *natürlichen* Endes unseres Nachbaruniversums entstanden.

Jetzt, wo ich in meiner Terrassenkuppel unter dem Einfluss des gewaltigsten im uns bekannten Multiversum existierenden biologischen Phänomens stehe, gibt es für mich nur eine einzige Erklärung für das, was wir damals gemessen und gesehen haben.

Unsere Nachbarn waren an einer Schwelle angelangt, die ihnen vermeintlich den Bau einer Raumgondel ähnlich denen meiner Auftraggeber ermöglichen sollte. Und sie haben die dabei frei werdenden fürchterlichen Kräfte nicht unter Kontrolle halten können und ihr gesamtes Universum in Energie überführt.

Iteration

Ich weiß genau, welche Frage sich Ihnen aufgedrängt hat, während Sie den vorherigen Passus gelesen haben. Und die bedauerliche Antwort lautet: »Nein.« Sie ist nicht funktionsfähig und zeigt keinerlei Resultate. Weshalb die *Neuroiteration* auf den Zeitraum des Kontakts mit den Duftstoffen der Pflanze nicht angewendet werden kann, ist ungeklärt. Selbstverständlich wäre es von allergrößter Bedeutung, wenn wir mit ihrer Hilfe die Eindrücke der Blüteperiode erneut verarbeiten könnten. Aber es herrscht eine allgemeine Übereinstimmung darüber, dass die Sapientiae-Blüten offenbar und ganz ohne Zweifel einen unbekannten und uns unzugänglichen Korridor zu unserem Bewusstsein nutzen.

Ich sage wohl nicht zu viel, wenn ich behaupte, dass die Neuroiteration für uns alle ein wichtiges und nicht mehr wegzudenkendes Instrument zur nachträglichen Bewertung von Situationen oder Erlebnissen geworden ist. Seit ihrer Entdeckung vor ungefähr fünfhundert Jahren und der nahezu zeitgleich erfolgenden allgemeinen Verfügbarkeit der Iterationskammern kann jeder von uns die wunderbare Erfahrung genießen, die letzten vergangenen drei Stunden seines Lebens noch einmal originalgetreu vor seinem geistigen Auge zu erleben. Auch hierzu gibt es in der Synchrondatei einen separaten Passus.

Der Baum, zweiter Teil

Meine Gedanken formten sich in nahezu schmerzhafter Schärfe und das *neue* Gehirn war im Zwiegespräch mit meinem eigenen Gehirn – oder war es umgekehrt?

Und unversehens war mein ganz persönlicher innerer Dialog ein Vorgang, der in einem sich neu entfaltenden Kollektiv stattfand, welches ich nicht vollständig unter Kontrolle hatte. Wie üblich befand ich mich im Zwiegespräch mit mir selbst ... aber gleichzeitig auch mit dem neuen Gehirn. Dazu wurde mir völlig überraschend bewusst, dass beide Gehirne miteinander kommunizierten, während ich lediglich ihr Zuhörer war.

Und weit entfernt im Hintergrund war da noch etwas anderes ... etwas, das sich nicht selbst bemerkbar machte, aber ich hatte das unbehagliche Gefühl, dass mein neues Gehirn sich von Zeit zu Zeit nach ihm *umschaute*.

Ich wusste bereits vor meinem Aufenthalt auf Tha, dass jeder die Auswirkungen der Blüteperiode auf unterschiedliche Weise erlebt. Jedem wird etwas anderes zuteil und niemandem ist es bisher möglich gewesen, auch nur annähernd zu beschreiben, was tatsächlich geschieht. Nach den ersten beiden Tagen der Blüteperiode ging es mir natürlich ebenso.

Aber zu diesem Zeitpunkt war mir noch nicht bewusst, dass meine Auftraggeber dafür sorgen würden, dass ich der erste Mensch sein sollte, der erkennt, welches unvorstellbare Ereignis unter dem Einfluss der Blüteperiode ausgelöst wird.

Und sie konfrontierten mich ständig mit neuen, zusätzlichen Informationen, die ich offensichtlich nur dank der Blüteperiode überhaupt zu verkraften und verarbeiten vermochte. Dennoch konnte ich es Tag für Tag kaum erwarten, wieder direkten Kontakt zur Atmosphäre zu erhalten.

Es kam mir so vor, als würden sämtliche Informationen und Eindrücke, die ich in meinem Leben gesammelt hatte, noch einmal neu zensiert und interpretiert. Bereits nach kurzer Zeit stellte ich fest, dass es mir gelang, diesen Vorgang zu steuern und ganz bewusst auf bestimmte Ereignisse zu lenken.

Ich brauchte lediglich an meine Arbeiten der letzten Monate zu denken und schon erschien mir vieles von dem, was ich bis zu diesem Zeitpunkt in meinen Protokollen verfasst hatte, in einem völlig anderen Licht mit teilweise auf erstaunliche Weise verändertem Kontext.

Selbst die Ereignisse aus tiefster Vorzeit, die ich ganz zu Anfang geschildert habe, erhielten einen neuen und unerwarteten Stellenwert.

Und so kam es, dass ein Thema, mit dem ich – auf diese Weise – nicht gerechnet hatte, mich unaufhaltsam an sich fesselte. Und es ist mir in all den folgenden Tagen nicht möglich geworden, hierzu eine Einstellung zu erlangen, die ich mit mir selbst in Einklang bringen konnte. Haben meine Auftraggeber von vornherein gewusst, wie ich auf den Blütenduft reagieren würde und *sie* beobachten mich jetzt dabei, wie mir eine beispiellose Lehr- und Erkenntnisphase zuteilwird?

Ich muss diesen Gedanken aufschieben, um die bereits empfangenen, sehr befremdlichen Einsichten einzuordnen und den noch vor mir liegenden ihre Entfaltung zu gewähren. Und ich spüre deutlich, wie schwer es mir fällt, für die folgenden Zusammenhänge die richtigen Worte zu finden.

Bis vor wenigen Tagen wäre mir nicht annähernd klar gewesen, welch entscheidende Bedeutung die gemeinschaftliche Weltreligion für die Entwicklung der Menschheit tatsächlich eingenommen hatte.

Natürlich konnte nur durch sie der Grundstein zu einem dauerhaften Zusammenhalt der Menschheit gelegt werden. Natürlich wurden wir Glaubensbrüder und -schwestern mit gemeinsamer Inspirationsquelle.

Und ich war sicher, dass nur und ausschließlich durch die vor Urzeiten stattgefundene Abkehr der Menschheit von Gewalt, Verbrechen, Terror und religiösem Fanatismus ein globales Bewusstsein für gemeinsame Werte sowohl weltlicher als auch spiritueller Natur überhaupt entstehen konnte.

Aber erst unter Anleitung der Auftraggeber erwuchs während der Blüteperiode das Verständnis in mir, dass wir damit gleichzeitig auch Weichen für die gesamte Zukunft unserer Rasse gestellt hatten. Nicht nur in dieser Hinsicht wurde mir erneut bewusst, wie fundiert und tief greifend *ihr* Wissen über uns tatsächlich ist.

Unser Schöpfer hat niemals Fakten über sich selber zugelassen – was sich bis heute nicht geändert hat – und es ist lediglich unser subjektives Empfinden, das uns glauben lässt, er könnte zu unseren Gunsten eingreifen. Und trotzdem halten wir an ihm fest. Objektiv bewertbare Begebenheiten, die belegen, dass er tatsächlich den Ablauf von Geschehnissen verändert hat, gibt es nicht. Es sei denn, möglicherweise diese Einzige, auf die ich noch zurückkommen werde. Gott belohnt nicht und er straft nicht. Aber ungeachtet dessen sieht es für mich danach aus, dass ohne die Erkenntnis oder den Glauben, dass es letztlich nur einen einzigen Gott geben kann, gefolgt von der Ablehnung jeglicher Rechtfertigung für religiös motivierte Gewalt – oder zumindest das nachweisbare und ernsthafte Streben danach – die Menschheit wie so viele andere Rassen mit ungewisser Zukunft für unsere Spezies in einer Sackgasse stecken geblieben wäre.

Denn ich durfte etwas äußerst Überraschendes erfahren, und zwar, dass es keinerlei Beleg dafür gibt, dass es jemals einer Rasse gelungen ist, sich weiterzuentwickeln, ohne diesen Schritt zu vollziehen. Wenn es nicht zu fantastisch wäre, könnte man zu dem Schluss kommen, dass mit diesem Schritt ein *kleinster gemeinsamer multiversaler Nenner* erreicht würde.

Meine Auftraggeber ließen mir zahllose Beispiele zukommen von intelligenten Lebewesen in anderen Universen, die – getrieben von ihren selbst geschaffenen Göttern – verheerende Kriege untereinander führten und dabei niemals den Weg fanden, ihr Planetensystem zu verlassen.

Prächtige Kulturen in weit entfernten Universen waren den Wissenschaften und sich selbst verfallen. Kein Glaube an übergeordnete Kräfte. Nur großes Wissen. Und sie blieben Gefangene ihrer Heimatgalaxis.

Und letztendlich durfte – oder musste – ich erkennen, dass jede Rasse, der es nicht gelingt, bis zu einer gewissen Entwicklungsstufe ihre Heimatgalaxis zu verlassen, dem Untergang geweiht ist.

Die wahren Gründe dafür, dass es einer Vielzahl von intelligenten Wesen nicht bestimmt war, ihr Sonnensystem oder ihre Galaxie zu verlassen, blieben mir leider auch unter dem Einfluss der Sapientiae-Pflanze verborgen.

In allen Fällen war es ihnen versagt, die Sprungtechnologie zu entdecken, und im weiteren Verlauf der täglichen Sitzungen in meiner Terrassenkuppel dachte ich, möglicherweise könnte die Ursache hierfür sein, dass sie lediglich nicht entsprechend *geleitet* wurden und sich selbst überlassen blieben.

Diese fast philosophischen Betrachtungen halfen mir allerdings nicht weiter und meine Auftraggeber hüllten sich hierüber beharrlich in Schweigen. *Sie* waren nicht bereit, weitere Informationen zu erteilen – obwohl ich sicher bin, dass *sie* dazu in der Lage gewesen wären.

Aber wenn meine eigenen Vermutungen über gewisse Kausalitäten tatsächlich zutreffend sind, dann kann es kein Zufall gewesen sein, dass es uns Menschen vergleichsweise früh in unserer Entwicklungsgeschichte möglich war, die Terunalzone und später Nelu Jehudiel zu entdecken.

In diesem Zusammenhang wurde mir erneut auf eindringliche Weise bewusst, wie betroffen damals jeder war, als es den Anschein hatte, als wäre das erste von uns aufgespürte fremde Leben ausgerechnet durch unser Einwirken dem Tode geweiht. Auch mich hatte es sehr betrübt gestimmt, als ich während meiner Studien auf Tha noch einmal daran erinnert wurde, dass die Dwaras auf Nelu Jehudiel Mitte des neunten Jahrtausends unerwartet und ohne jeglichen erkennbaren Grund ausstarben, als würde ihnen die Lebensenergie entzogen. Und jetzt musste ich mich darin fügen, dass sich eine besänftigende Vorstellung in mir ausbreitete, die dazu geeignet war, ein zwar bewältigtes, aber immer noch nachwirkendes Schuldbewusstsein endgültig von unseren Schultern zu nehmen. Es war, als würde eine Stimme mir zuraunen: »Der Sinn ihrer Existenz war erfüllt und ihre Aufgabe vollbracht.«

Ich glaube, dass die Vorkommnisse Mitte des dritten Jahrtausends gar nicht hoch genug eingeschätzt werden können, zumal vieles von dem, was damals manifestiert wurde, auch heute noch gültig ist.

Natürlich bin ich mir dessen bewusst, dass die Bewertung von Ereignissen einer derart weit zurückliegenden Vergangenheit äußerst schwierig, wenn nicht sogar unmöglich ist. So wie ich beispielsweise auch nicht in der Lage wäre, über die Abgründe der Zeit hinweg die vollständigen Auswirkungen der Beherrschung des Feuers auf die Lebensumstände der Urmenschen nachzuvollziehen.

Eine vergleichbare *Neuausrichtung* der Menschheit ist mir jedenfalls im Laufe meiner Arbeiten auf Tha nur noch während meiner Studien zu den Ereignissen im Jahr 248217 multiversaler Hintergrundzeit begegnet.

Je weiter eine Rasse in ihrer Entwicklung gedeiht, desto bedeutungsvoller wird die Frage nach der eigenen Herkunft und nach dem Sinn der eigenen Existenz. Das sind möglicherweise die einzigen Fragen überhaupt, die mit keinerlei wissenschaftlicher oder technischer Erkenntnis beantwortet werden können.

Durch die frühen Zeitalter hinweg gibt es einen Weg, der in der Menschheitsgeschichte erkennbar ist, wie ein Leitfaden und von dem ich durch meine Auftraggeber weiß, dass intelligente Lebewesen in anderen fernen Universen ihn ebenfalls gegangen sind.

Jedes Leben entsteht im Wasser oder einer verwandten Flüssigkeit und wenn es mit dem Potenzial ausgestattet ist, eine sich selbst bewusste Intelligenz zu entwickeln, drängt es an Land.

Im primitiven Stadium erforschen intelligente Lebewesen die eigene Umgebung, den eigenen Wald, das Tal und anschließend das weiträumige Territorium bis hin zu den Ufern der Flüsse, Seen und Meere.

Es ist lediglich eine Frage der Zeit und der Technologie bis zur Erforschung des gesamten Heimatplaneten.

Daraufhin folgen – falls vorhanden – der Mond oder die Monde, die nahe gelegenen Planeten, das Heimatsystem, der Spiralarm, die Heimatgalaxie, die Nachbargalaxie …

Alles baut aufeinander auf. So hätten wir ohne die Errungenschaft der Terunaltechnologie niemals Nelu Jehudiel entdecken können, um das Tor zu unserem Heimatuniversum und dem Multiversum aufzustoßen. Was einen sehr nachvollziehbaren, wenn auch nicht sonderlich spektakulären Protokollvermerk darstellt.

Aber was für eine gleichermaßen wunderbare und merkwürdig schicksalhafte Fügung, dass Nelu Jehudiel ausgerechnet in unserer eigenen Heimatgalaxie zu finden war.

Wenn dieser Planet, dessen Entdeckung und Erforschung so gut wie alles in der Menschheitsgeschichte verändert hatte, auch nur in unserer Nachbargalaxie positioniert gewesen wäre – einer Entfernung, die heute als navigatorische Schulungsdistanz für Kinder gilt –, dann wären wir Menschen Gefangene der Milchstraße geblieben und unserem Untergang ausgeliefert. Eine betrübliche Vorstellung.

Von meinen Auftraggebern weiß ich, dass jede intelligente Lebensform – egal in welchem Universum – die Technologie der Resonanzenergetik erlernen muss, um das eigene Sonnensystem zu verlassen. Eine andere Möglichkeit, sich kontinuierlich jenseits der Lichtgeschwindigkeit fortzubewegen, existiert im gesamten Multiversum nicht.

Und unbegreiflicherweise kann jede intelligente Rasse in ihrer eigenen Heimatgalaxie eine Lebensform vorfinden, die in der Lage ist, quantenmechanische Verschränkungen durchzuführen.

Diese Lebensform muss gefunden werden, um eine Technologie aufzubauen, mit deren Hilfe man die zwingend erforderlichen biologischen Komponenten für die Sprunggeneratoren züchten kann, ohne die das Reisen zwischen den Galaxien unmöglich ist und ohne die kein Transportgenerator funktionieren kann.

Es ist fast so, als wäre jedes Universum eine Art *Test*, den es zu bestehen gilt. Und ich bin bereits jetzt nicht mehr sicher, ob das ohne *Hilfe* überhaupt möglich ist.

Ich verspüre mehr und mehr ein überwältigendes Verlangen zu verstehen, welchen bizarren Weg meine Auftraggeber gegangen sind. Fest steht für mich bis jetzt lediglich, dass *sie* entdecken mussten, dass eine Pflanze auf Tha das menschliche Bewusstsein verändert und dass wir mithilfe dieser Pflanze letztendlich zu Erkenntnissen gelangen können, die selbst für *sie* schwer zu erreichen sind.

In diesem Zusammenhang bestätigten *sie* mir, dass es nur einen einzigen Ort im gesamten Multiversum gibt, an dem der Sapientiae-Baum wächst – und dieser Ort ist der Planet Tha.

Keinerlei Reaktionen oder Kommentare erhielt ich hingegen zu meinen Überlegungen bezogen auf einen eventuellen *Test*.

Es war *ihnen* von jeher bewusst, dass die Menschen durch die in die Vergangenheit gerichtete visuelle Beobachtung ihres Heimatplaneten eine verstörende und unheimliche Erfahrung gemacht hatten. Aufgrund des geringeren Aufwandes für die Navigationstechnik wurden damals die ersten Superteleskopstationen circa elftausendfünfhundert Lichtjahre von der Erde entfernt auf die berechneten historischen Parallelkurse zur Erdumlaufbahn gebracht, um sich dem Bau der Pyramiden anzunähern.

Dieses Vorhaben gelang tatsächlich und es brachte die enorm eindrucksvolle Erkenntnis hervor, dass die Pyramiden, deren verfallene Überreste heute unter einer Schutzatmosphäre isoliert sind, nahezu zweitausend Jahre älter waren als veranschlagt. Die zum Bau verwendeten schiefen Ebenen standen ihnen dabei in ihrer majestätischen Ausstrahlung in nichts nach.

Die Aufwendungen im Vergleich zum erzielten Nutzen oder Wissen des Beobachtungsprojektes waren jedoch so gigantisch, dass man sich entschloss, die Stationen lediglich noch auf ein einziges Ziel einzujustieren. Auf den Zeitraum des Lebens und Wirkens von Jesus von Nazareth.

Die Menschen hatten sich Gott in ihren Gedanken und Wünschen erschaffen und hofften noch immer darauf, diesseits jeglicher Ontologie seine Existenz zu beweisen.

Und es war weit mehr als nur ein bizarres Frösteln und Unbehagen, das mich überfiel, als ich die zusammenfassende Berichterstattung hierüber einsehen konnte. Ich bin zuversichtlich, dass es mir gelingen wird, an späterer Stelle eine geeignete Darstellungsweise für die daraus abzuleitenden und in jeglicher Hinsicht atemberaubenden Aspekte zu finden.

Die grundsätzlichen Auswirkungen der Vergangenheitsbetrachtung sollten jedenfalls einen tief greifenden Einfluss auf das Leben der Menschen haben, und in der Synchrondatei gibt es hierzu alle erforderlichen Informationen.

Spaziergang

Ich denke, dass wir Menschen nirgendwo im bekannten Multiversum einem möglichen Gott näher kommen können.
Es ist ein idyllischer Ort. Die verwinkelten Gassen mit ihren Pflastersteinen aus Blaumarmor führen durch ein ungestümes Sammelsurium von architektonischen Meisterwerken aus Idulff-Porzellan. Die miniaturisierten Nachbauten der berühmtesten Gebäude von Grobo Nautali und der Erde muten wie kleine Paläste an. Die meisten Bewohner der Siedlung sind Mitarbeiter der zwölf Terrassenblocks oder der infrastrukturellen Ressourcen. Nahezu sechstausend Menschen leben hier.
Berdonla Sa*ä liegt am Rande des Tals. In den Zeiten vor und nach der Blüteperiode haben meine ausgedehnten Spaziergänge mich durch die gesamte Siedlung und ihre Umgebung geführt und ich kenne jeden einzelnen der freigegebenen Wege.
Man begegnet häufig anderen Bewohnern der Terrassenblöcke. Viele sind nur für wenige Tage hier und sie sind gekommen, um den überwältigenden Nachthimmel zu sehen. Andere sind in offizieller Forschungsmission unterwegs und genießen das Privileg, die Blüteperiode zu erleben und wenn sie Glück haben – oder nicht, je nachdem wie man es bewertet – wird ihnen ein kleiner Einblick in unser tosendes Multiversum gewährt.
Jedem Einzelnen sieht man an, wie sehr er mit sich kämpft und was er Nacht für Nacht unter dem Firmament von Tha erlebt, so wie man es auch mir ansieht. Jeder ist mit seinen Gedanken weit weg und der Fußmarsch durch die Siedlung ist tröstlich.
Während meines eigenen Aufenthaltes ist kein anderer Besucher länger als acht Monate auf Tha. Ich bin der Einzige und das spiegelt sich auch in der Behandlung wieder, die mir zuteilwird. Obwohl ich selbst hier niemanden persönlich kenne, gibt es unter den Bewohnern der Siedlung wohl keinen,

der nicht genau weiß, wer ich bin. Natürlich auch deshalb, weil niemals zuvor ein Besucher mit einer Raumgondel *angereist* ist.

Nachts ist Besuchern der Aufenthalt außerhalb der Terrassen nicht gestattet. Es gibt Sondergenehmigungen, die allerdings nur erteilt werden, wenn während des Aufenthaltes im Freien spezielle Kontaktlinsen getragen werden. Diese Kontaktlinsen arbeiten nach dem Prinzip der Neurokameras und deshalb gestatten sie lediglich den indirekten Blick auf den Nachthimmel. Außerhalb der gesicherten Terrassenkuppeln wird der dramatische Nachthimmel von nahezu jedem Besucher als unergründliche Bedrohung empfunden und man fühlt sich auf unerträgliche Weise beobachtet und verfolgt.

Ich bin wie immer mit meinen Gedanken alleine und alles, was ich tagsüber erarbeitet habe, blitzt erneut an mir vorbei.

Heute bin ich unerwartet auf eine frühzeitliche, damals als Beweis für die Existenz Gottes angesehene Argumentation gestoßen, die behauptete, seine allmächtigen Eigenschaften würden selbstverständlich auch beinhalten, dass er existent ist, da er ansonsten nicht allmächtig wäre. Die Gegenthese besagte natürlich, dass Gottes allmächtige Eigenschaften ebenfalls einschließen, dass er nicht existent ist. Demzufolge ist Gott sowohl existent als auch nicht existent und das, wann immer er es will. Wobei für mich persönlich sehr fraglich ist, ob menschliche Kategorisierungen wie Existenz und Nichtexistenz auf Gott überhaupt zutreffend sein können.

In späteren Jahren mussten die Befürworter dieser Beweisführung sich der Interpretation beugen, dass allmächtige Eigenschaften natürlich nur dann überhaupt vorhanden sind, wenn es Gott auch tatsächlich gibt. Man könnte also schließen: Wenn es ihn gibt, dann ist es korrekt, zu behaupten, dass er sowohl existent als auch nicht existent sein kann. Wenn es ihn aber nicht gibt, dann hat lediglich die betrübliche Aussage Bestand, dass es ihn nicht gibt und er deswegen auch nicht zwischen Existenz und Nichtexistenz auszuwählen vermag.

Und ich konnte während meiner Recherchen noch einmal nachvollziehen, wie groß die Zeitspanne war, die überwunden werden musste, bis diese Argumentation von einem neuen Aspekt überlagert wurde, der behauptete, dass es gänzlich unmöglich ist, dass es Gott nicht gibt.

Derartige Unabwägbarkeiten lassen es nicht erstaunlich erscheinen, dass sich sämtliche in der Vergangenheit entwickelten Standardphilosophien über das Wesen unseres Universums, des Multiversums sowie die Eigenschaften der Realität als nicht haltbar erwiesen haben. Auch die Theorie der Partikelfamilien ist lediglich bis zu dem Punkt behilflich, an dem eine erste Ursächlichkeit beschrieben werden soll.

Ich kann mir nicht helfen, es scheint so, als würde sich früher oder später alles an Gott festmachen und es bleibt für mich dabei, dass wir Menschen nicht in der Lage sind, irgendwelche sinnvollen Rückschlüsse auf ihn zu ziehen. Er ist die allgegenwärtige Unbekannte und die immerwährende Variable.

Und ich denke, dass wir Menschen nirgendwo im bekannten Multiversum einen möglichen Gott mehr fürchten, als hier an diesem Ort.

Ursprünge

An dieser Stelle erlaube ich mir ein weiteres Mal, den dazugehörenden Passus aus der Synchrondatei einzufügen, weil er das Verständnis eines nach wie vor einzigartigen Vorhabens unterstützt.

Um mir Klarheit über historische Zusammenhänge zu verschaffen, hatte ich während meines Aufenthalts auf Tha eine Dokumentation über die Ursprünge der Weltreligionen eingehend studiert.

Ich bin natürlich absolut kein Fachmann auf diesem Gebiet, aber wie wir alle ein leidenschaftlicher Anhänger unserer ethischen Grundsätze. Die nachfolgenden – möglicherweise etwas zu pragmatischen – Feststellungen zur Auswahl des zweiten Observationszeitraumes gelten deshalb – wie so vieles andere auch – ausschließlich für mich selbst.

Der Hinduismus, die vermutlich älteste aller großen Religionen, vermochte keinen identifizierbaren Gründer vorzuweisen, den man hätte aufspüren können.

Der Buddhismus, der sich auf Siddhartha beruft, konnte das zwar, aber auch ich halte es für sehr fraglich, dass es jemals hätte gelingen können, seine *Erleuchtung unter dem Feigenbaum* in Ort und Zeit so einzugrenzen, dass man die Sekundärlichtrezeptoren darauf hätte justieren können.

Ähnliches galt für Konfuzius und Laotse.

Sowohl Judentum, Christentum und der Islam als abrahamitische Religionen wiesen einen zwar unterschiedlichen, aber entscheidenden Bezug zu Abraham auf, allerdings war offensichtlich auch Abraham nicht *justierbar*.

Ebenso verhielt es sich mit Moses. Es wäre sicherlich eine unvergleichliche Sensation gewesen, wenn man die Übergabe der Tontafeln mit den zehn Geboten auf dem Berge Sinai hätte bezeugen können. Aber auch hier erwies sich weder eine zeitliche noch eine geografische Einordnung als machbar.

Bei Jesus von Nazareth hingegen gab es eine andere Ausgangslage. An seiner Hinrichtung waren der überlieferten Historie zufolge Instanzen des römischen Weltreiches beteiligt und ich hatte den Eindruck, als wären die Ereignisse zu Beginn der christlichen Zeitrechnung der einzige geschichtlich einzuordnende Ansatzpunkt, um eine Erfolg versprechende Positionierung der Sekundärlichtdetektoren in Ort und Zeit überhaupt zu versuchen.

Wie wir alle wissen, sollten dann bei der Durchführung des Projektes sämtliche Auswahlkriterien ihre Bedeutung verlieren.

Hier folgt der Auszug aus der Synchrondatei.

8997

Der Planetarische Rat veröffentlicht ein Pamphlet, um das zweite Forschungsprojekt der Sekundärlichtstationen anzukündigen. Es ist sehr kurz gefasst und lautet wie folgt:

»Nach eingehender Überprüfung halten wir es nicht für verwerflich, wenn wir versuchen, die Anfangszeiten der historischen Religionen mithilfe der Lichtrezeptoren zu ergründen.

Nachdem uns die technologische Entwicklung die Möglichkeit der Vergangenheitsbetrachtung geschenkt hat, glauben wir sogar, dass es unsere Verpflichtung ist, die uns gewährten Errungenschaften auch einzusetzen.«

Jetzt, da ich weiß, dass meinen Auftraggebern die sich aus diesem Projekt ergebenden Resultate seit Langem bekannt sind, wird mir klar, dass damit der endgültige Grundstein dafür gelegt wurde, dass *sie* die Menschheit nicht mehr aus den Augen verloren haben und uns – ohne unser Wissen – in *ihre* Pläne einbezogen.

Wie lässt sich erklären, dass eine Reflexion unbekannten Ursprungs den Einblick in das Sonnensystem für einen Zeitraum von nahezu tausendfünfhundert Jahren verwehrt?

Jegliche Versuche, die Positionierung der Beobachtungsstationen zu verändern, um sich der Reflexion zu entziehen, scheitern. Die Reflexion ist vollkommen und unüberwindbar. Sie erscheint wie ein Licht, das eingeschaltet wird, und sie ist bis Ende des achten Jahrhunderts AD sichtbar, bis sie von einer Sekunde zur anderen nicht mehr vorhanden ist.

Ein letzter dokumentierter Versuch fand im bereits erwähnten Jahr 248217 statt. Man wollte mit dem größten Aufwand, der jemals für ein kosmisches Beobachtungsprojekt geleistet wurde und mit dem gesamten zur Verfügung stehenden Knowhow der Menschheit die Natur der Reflexion ergründen.

Die damals protokollierten Messresultate und Aufzeichnungen sind auch heute noch nicht interpretierbar und die Reflexion wurde gemäß den Theorien von Berdonla Sa*ä später als erstes Phänomen überhaupt als *nicht zum Multiversum gehörend* kategorisiert.

In diese Kategorie fallen sonst nur noch der Nachthimmel auf Tha, die Duftstoffe der Sapientiae-Pflanze und die Auswirkungen der Verfestigung einer Raumgondel.

Ich weiß noch genau, wie mein Atem stockte, als meine Auftraggeber mir zu erkennen gaben, dass derjenige, den *sie* suchen, ihrer Meinung nach identisch ist mit dem Urheber der auch für *sie* einmaligen und nicht erklärbaren Reflexion.

Und noch genauer erinnere ich mich an jede Sekunde *ihrer* Reaktionen, als wir darüber *diskutierten*, dass es eine Kategorie gibt für Phänomene, die nicht zum Multiversum gehören und welche vier Phänomene von den Menschen dort eingestuft waren.

Zum ersten Mal überhaupt in meinem Leben muss ich hinnehmen, dass völlig unerträgliche Gedanken sich ihren Weg in mein Bewusstsein bahnen.

Wenn wir irgendwann einmal den zwingenden Nachweis für die Existenz Gottes erbringen, beweisen wir damit auch gleichzeitig die Existenz des Teufels? Wo würde *er* sich aufhalten und wovon ist *er* das Zentrum? Und weshalb werde ich in meiner Terrassenkuppel durch das Bildnis *Impulsreduzierer* heimgesucht?

Allerdings sind diese Gedanken nichts verglichen mit den Erkenntnissen der folgenden Tage, und obwohl es mir seitdem schwerfällt, meinen inneren Frieden zu bewahren, so bin ich von meinen Einsichten zugleich auf unwiderstehliche Weise gefesselt.

Sie hatten versucht, mich vorzubereiten, indem *sie* mich mit Andeutungen konfrontierten – aber ich konnte und wollte nichts davon akzeptieren. Jetzt weiß ich, dass es wahr ist.

Auch wenn ich trotz des Einflusses der Blüteperiode noch nicht sämtliche Zusammenhänge erkenne und weit davon entfernt bin, sie auch nur annähernd zu verstehen, kann ich sie grob umschreiben.

Ich beginne damit, indem ich noch einmal zurückblickend festhalte, dass jeder anorganische Körper an einen speziell dafür vorbereiteten physischen Parallelkörper in der Terunalzone gekoppelt werden kann.

Und jetzt muss ich mich dem Wissen ausliefern, dass jeder mit Intelligenz ausgestattete und sich selbst bewusste, lebendige organische Körper von Natur aus über einen übergeordneten, nicht physischen Parallelkörper verfügt, der für ihn zwingend erforderlich ist, weil er ohne das Feedback seiner Rückkopplung den Verstand verlieren würde und niemals dauerhaft bestehen könnte.

Meine Auftraggeber bezeichnen diesen Körper als *konsekutive Existenz*.

Und obwohl sie zur Erfolglosigkeit verurteilt ist, stellt die Suche nach dem eigenen Parallelkörper für eine große Anzahl von intelligenten Bewohnern anderer Universen den Inbegriff vom Sinn des Daseins dar.

Die Auftraggeber hingegen vermögen es, im gesamten Verlauf *ihres Daseins* über *ihren* Parallelkörper zu verfügen, und erreichen durch ihn *ihre* für uns nahezu unvorstellbaren Fähigkeiten.

Wir Menschen sind seit dem Initialisierungsimpuls unserer Entwicklung vom ersten Aufleuchten des Bewusstseins an unseren Parallelkörper gekoppelt, der sich in einem Raumgefüge jenseits aller um das Zentrum gruppierten Schichten befindet. Ein Gefüge, in dem die Parallelkörper aller intelligenten Lebewesen verweilen und für welches die Auftraggeber mir *ihre* verstörende Definition *Ereignishorizont der Lücke* enthüllen. Es handelt sich um einen *Ort*, an den zu gelangen nie und niemals möglich ist.

Wie bei allen anderen intelligenten Lebewesen auch findet erst durch den Tod eine Entkopplung statt und unser Parallelkörper bleibt alleine hinter dem Ereignishorizont zurück. Die möglicherweise erschreckendste Einsicht von allen bezog sich auf genau diesen Vorgang. Und es bleibt mir nichts, als nüchtern wiederzugeben, was mir zuteilwurde. Vorausgesetzt, es handelt sich um den natürlichen Tod, findet die Entkopplung nicht deshalb statt, weil unser physischer Körper stirbt. Die bizarre Wahrheit ist, dass unser physischer Körper stirbt, weil der Parallelkörper nach Ablauf einer individuellen Entropieschleife die Entkopplung einleitet. Viele Parallelkörper verharren danach im abgekoppelten Status für alle Ewigkeit. Aber es gibt auch eine große Anzahl, denen eine erneute Ankopplung *zugewiesen* wird. Auch hierüber waren meine Auftraggeber nicht bereit, weitere Auskünfte zu erteilen.

Die Erkenntnis über die Existenz des menschlichen Parallelkörpers raubte mir den Schlaf. Ich fühlte mich ausweglos gefangen in einem unbekannten Labyrinth aus Gedanken und Visionen über meinen Schutzengel und meine Seele.

Auf die seit Jahrhunderttausenden diskutierte Frage, was den Menschen vom Tier unterscheidet, hatte sich mir die ultimative Antwort erschlossen.

Und dann kam die unaussprechliche Einsicht, dass unter dem Einfluss der Sapientiae-Pflanze uns Menschen – und nur uns Menschen – ein begrenzter und fragiler Kontakt zum Parallelkörper gestattet ist.

Intelligente Rassen in anderen Universen verfügen ebenfalls über Möglichkeiten, flüchtige Verbindungen zu ihrem Parallelkörper herzustellen. Der Mechanismus dazu ist nicht immer biologischer Natur, aber in jedem Universum ist der Schlüssel hierzu verborgen und er muss gefunden werden.

Mein Parallelkörper ist der wahre Grund dafür, dass die Auftraggeber auf ihrer Reise von mir begleitet werden wollen. *Sie* glauben oder wissen, dass meine Annäherung an das Zentrum ihn auf eine noch nicht bekannte Art und Weise aktivieren wird und er uns sodann als ultimativer Wegweiser dient. Und *sie* wünschen, dass ich als mein persönliches Vademecum unsere gesamte Entwicklungsgeschichte im Geiste mitnehme.

Wie gesagt, es fällt mir schwer, meinen inneren Frieden zu bewahren.
Und ich fürchte mich ...

Stammscheibe

Durchschnittlich verfallen ungefähr hunderttausend Sapientiae-Pflanzen pro Jahr. Aus einer normalen Stammhöhe von etwa zwölf Metern ergeben sich sechshundert Scheiben von zwei Zentimeter Stärke, was einer Ernte von sechzig Millionen Scheiben pro Jahr entspricht. Aus jeder Scheibe gewinnt man dreißig Portionen zu jeweils achtzig Gramm.

Nach mehrstündiger Erhitzung auf zweihundertsiebzig Grad Celsius werden geschälte Stammscheiben für uns Menschen zur köstlichsten Delikatesse im gesamten bekannten Multiversum. Der Verzehr ist nicht nur ein geradezu überirdischer Genuss, er setzt auch jegliche Beeinträchtigung des menschlichen Metabolismus durch molekularen Sauerstoff zurück auf null.

Ab dem einhundertsten Geburtstag erhält jedes Mitglied der multiversalen Gemeinschaft der Menschheit die Zuweisung einer Portion. Es ist die Einzige, die man in seinem Leben verzehren darf. Eine zweite Portion ist ungenießbar und bewirkt mit atemberaubender Geschwindigkeit das Gegenteil.

Zehnter Teil

**Vierundzwanzig Nächte
bis zur Übergabe**

248217

Ein neues Konstrukt von Beobachtungsstationen soll ermöglichen, Klarheit über Art und Ursprung der unerklärlichen Reflexion zu finden, die es der Menschheit auf so mysteriöse Weise nicht gestattet, einen Einblick in das Sonnensystem zu Beginn der christlichen Zeitrechnung zu erhalten.

Der dazu betriebene Aufwand übersteigt selbst die Kartografierungsarbeiten für das Heimatuniversum.

Die Stationen sind nicht mehr in unserer Milchstraße positioniert, sondern wegen der vom Licht inzwischen zurückgelegten Strecke in einer äußerst komplizierten und verworrenen Umlaufbahn um sie herum.

Das Konstrukt besteht aus Hunderten imposanten Sekundärlichtrezeptoren, die jede nur erdenkliche Position zum Sonnensystem einnehmen können.

Die Menschheit findet jedoch keinerlei Erklärungen und bleibt ratlos.

In der dokumentierten Menschheitsgeschichte beruhten sämtliche Berichte über unerklärbare Phänomene oder Wunder auf Überlieferungen. Es existierte kein einziger wissenschaftlich haltbarer Beleg dafür, dass ein höheres Wesen jemals einen Eingriff in den Ablauf der Gesetzmäßigkeiten vorgenommen hätte. Ebenso gab es keinerlei Kenntnis über irgendeinen Vorgang, egal welcher Art, der nicht auf die eine oder andere Weise hätte erklärt werden können.

Aber jetzt endlich, nachdem man sich zur Begründung keinesfalls mehr auf mangelnde technologische Möglichkeiten zurückziehen konnte, durfte die Reflexion das sein, was sie bereits seit langer, langer Zeit war. Ein anerkannter und nicht mehr wegzudiskutierender, realer Beleg dafür, dass in tiefster Vorzeit im Sonnensystem Unvorstellbares und Unerklärliches stattgefunden hatte.

Die Reflexion wird als nicht ergründbarer allererster Hinweis auf die mögliche Existenz Gottes anerkannt. Die Religion erhält eine neue Richtung und *Gott, der das Sonnensystem erstrahlen ließ,* wird ein zentraler Mittelpunkt des menschlichen Bewusstseins mit umwälzenden Auswirkungen.

Auch hierzu gibt es in der zweiten Datei eine umfassende Ausarbeitung.

Bereits erstaunlich früh, in antiker Zeit mit Gründung der Weltreligion, hatten die Menschen erkannt, dass Gott keiner *Organisation* angehören kann und sämtliche Auseinandersetzungen darüber, wessen Gott der richtige ist, völlig sinnlos sind. Und die Frage, wie viele Götter denn überhaupt in einem Multiversum vorhanden sein können, wurde ohnehin schon längst als beantwortet angesehen.

Ein skurriler Vermerk ist, dass in den frühzeitlichen Jahren zu Beginn meiner Protokolle selbst die höchsten wissenschaftlichen Kapazitäten in der für uns heute absurden Vorstellung gefangen waren, dass die Zeit als solche erst mit dem Urknall entstanden sei. Ein *Vorher* könnte es deshalb nicht geben. Diese vermeintliche Wahrheit wurde häufig als Begründung für eine Nichtexistenz Gottes herangezogen. Wenn es keine Zeit gibt, in der Gott unser Universum hätte schaffen können, gibt es auch keine Zeit, in der er selbst hätte existieren können. Als ob Zeit für Gott ein limitierender Faktor wäre ...

Erst die Beweise für die Existenz anderer Universen – von denen sicherlich unzählige älter sind als unser eigenes – ließen jeden zu der Einsicht gelangen, dass es vor dem Urknall unseres eigenen Universums sehr wohl Zeit gegeben hat. Allerdings nicht bei uns, sondern *woanders*.

Und jetzt stand unwiderruflich fest, dass eine unbekannte Kraft bewusst, gezielt und nachhaltig verhindert, dass die Menschen an einen bestimmten Zeitpunkt zurückschauen können.

Reisen durch die Zeit haben sich auch nach Jahrzehntausenden der Forschung als unmöglich erwiesen. Deshalb sind Sekundärlichtdetektoren die einzige existierende Technologie, um zumindest die Vergangenheit kurzfristig aufleben zu lassen und erkennbar zu machen.

Aber niemand wird jemals herausfinden, was damals geschehen ist.

Erinnerungen

Es gehört nicht zu meinen Aufgaben, hier über mich selbst zu referieren und mich in den Vordergrund zu stellen. Dort befinde ich mich ohnehin bereits mehr, als mir lieb ist.

Aber selbstverständlich habe ich während meines Aufenthaltes auf Tha auch sehr häufig über mich selbst nachgedacht.

Die älteste Erinnerung meines Lebens ist der Blick aus siebenhundert Kilometer Entfernung auf meinen Heimatplaneten Wernloga. Ich war nur wenig älter als zwei Jahre und natürlich war mir damals nicht bewusst, was ich sehe. Aber das Bild ist noch immer da.

Meine Eltern hielten sich zu diesem Zeitpunkt in einer der Schulungsstationen auf, die den Planeten umkreisen.

Wir wohnten in *Geldabesund*, einer Stadt am Rande der *Phellwüste*, dreihundert Kilometer vom Projektionsareal der Multiversalgalerie entfernt. Ich selbst verbrachte allerdings die meiste Zeit im ersten Ausbildungszyklus.

Bei jeder sich bietenden Gelegenheit haben wir als Kinder versucht, einen kurzen Blick in das geradezu legendäre und geheimnisumwitterte Projektionsgelände zu erhaschen, was sich aber leider als unmöglich erwies.

Mein erster Erziehungszyklus fand im Schulungszentrum auf der Südhalbkugel statt, inmitten von Steppen und Wäldern. Bis zum heutigen Tag ist dieses Schulungszentrum im Grunde genommen eine Art Universitätspark, größer als meine Heimatstadt Geldabesund, in der immerhin mehr als fünfzig Millionen Menschen leben. Hier werden Mädchen und Jungen unterschiedlichster Herkunft gemeinsam auf die zweite Ausbildungsstufe vorbereitet.

Mit siebzehn erhielt ich meine Entsendung in den zweiten Ausbildungszyklus, der acht Jahre dauerte.

Der dritte Zyklus ist optional und kann jederzeit nachgeholt werden. Ich entschied mich dazu, ihn unmittelbar in Anspruch zu nehmen. Er ist mit zwölf Jahren Dauer der Umfangreichste. Der dritte Ausbildungszyklus war eine großartige Erfahrung. Wir alle fühlten uns voll Energie und unversöhnlichem Tatendrang und verfügten über eine überwältigend positive Einstellung, die uns manchmal selbst ein wenig unheimlich anmutete.

Sämtliche Schulungen fanden im System Mentbrega 3 statt oder hatten dort ihren Ausgangspunkt.

Mein erstes kleines Sternenschiff steuerte ich unter Anleitung im Alter von zwölf Jahren in einer Kreisbahn mit einem Radius von eins Komma neun Lichtjahren um das System Mentbrega 3.

Danach konnte ich mich der Faszination der Raumfahrt nie wieder entziehen.

In meinen Studien hatte ich einmal gelesen, dass die Kinder früher mit glänzenden Augen in den Sternenhimmel geschaut haben und sich fragten, welche Geheimnisse er wohl bergen mag.

Nach vorherrschender Meinung sind heute die meisten dieser alten Geheimnisse entzaubert und geblieben ist die gleichwohl nüchterne als auch atemberaubende Feststellung, dass die beeindruckende Schönheit der Schöpfung – zumindest in unserem Heimatuniversum – zu unserer Verfügung steht.

Meine Arbeit als Navigationsassistent nahm ich noch im dritten Ausbildungszyklus im Alter von dreiunddreißig Jahren auf, und ich lernte durch sie eine immense Anzahl von Kartografierungsstandorten kennen.

Mit vierzig lenkte ich meinen ersten Navigationskreuzer am Fernsteuerungspult und zwei Jahre später nahm ich erstmals an einer Expedition durch die gesamte Lokale Gruppe teil.

Danach ging alles sehr schnell.

Kaum eine große Mission, bei der ich nicht dabei war.

Die Einberufung in das multiversale Navigationsteam vor acht Jahren erschien als eine logische Konsequenz und das magische Projektionsareal auf Wernloga wurde mein dauerhafter Arbeitsplatz. Kurze Zeit später erhielt ich als Betreuer der Multiversalgalerie meinen genetischen Ausweis.

Mein Vater ist jetzt hundertachtundzwanzig Jahre alt, vier Jahre älter als meine Mutter.

Meine Eltern haben sich nach Tergandh Onikro zurückgezogen. Vorübergehend.

Meine eigene Familienplanung hat noch nicht einmal begonnen. Und es wird sich zeigen, inwieweit es hier für mich überhaupt eine Zukunft gibt. Da ich zu diesem Thema recht altmodische Ansichten pflege, denke ich, dass ich ohnehin zuallererst einmal die Liebe meines Lebens finden muss – oder von ihr gefunden werde. Das wird gewisse Probleme aufwerfen, denn meine großen Lieben waren schon immer die verführerische Einsamkeit hinter den Sternen und die unberührbare Wehmut der Unendlichkeit. Es sieht zurzeit alles danach aus, als müssten sie es auch bleiben.

Ich habe damals wegen des Angebots der Auftraggeber nächtelang nicht geschlafen. Nach meinem ersten neurografischen Kontakt mit *ihnen* hatte ich eine Bedenkzeit von zehn Tagen und ich habe fast bis zur letzten Minute benötigt, um mir selbst Klarheit darüber zu verschaffen, ob ich diese Aufgabe annehmen soll, oder nicht.

Niemand hatte *sie* jemals gesehen. Alle wussten natürlich, dass *sie* da waren, weil *sie* sich auf eine Weise bemerkbar machen, die wohl einzigartig ist und die wir weder verstehen noch selbst hervorrufen können.

Ihre Gondeln entzogen sich jedweder Vorstellung und dabei ist es bis zum heutigen Tag geblieben. Nur *ihre* Verbindungsschalen waren etwas, das man halbwegs als real bezeichnen konnte.

Und auf einmal sind *sie* vor Mentbrega 3 und fragen nach mir?

Ich sah schon die Kommentare: »Mitglied des multiversalen Navigationsteams stellt die Geschichte der Menschheit neu zusammen.«

Ausschlaggebend für meine Entscheidung war wohl der Aufenthalt auf Tha. Ich war nicht sicher, ob es mir ansonsten jemals gelungen wäre, Tha zu betreten und die sich mir bietende Gelegenheit erschien mehr als verlockend. Tha ist ganz ohne Zweifel der beste Köder, den das bekannte Multiversum für uns Menschen zu bieten hat.

Niemand aus meiner Familie der Htr war jemals auf Tha und in diesem Zusammenhang ist es vielleicht an der Zeit, hinzufügen, dass die Sprachform unseres seltsamen Namens *Haator* lautet, wie von frühester Zeit an. Er stammt aus den Besiedlungsdekaden des Silberspiegels.

Die Haatoren – wie sie sich selbst nannten – waren planetarische Erkundungswissenschaftler. Bedauerlicherweise ist der tatsächliche Ursprung dieser Bezeichnung nicht mehr zuverlässig nachweisbar. Man kann lediglich vermuten, dass er einem lokalen Dialekt entstammte. Jedenfalls trugen ihre Atmosphärengleiter die Identifikationssignatur *Htr*, gefolgt von einer Registriernummer, und im Laufe der Jahrhunderte wandelte sich die Berufsbezeichnung in einen Namen, in dem die Vokale *unsichtbar* blieben, aber noch immer mit ausgesprochen wurden.

Ich bin nicht nur der Erste in meiner Familie, der den Asteriskus * führen darf, sondern aufgrund der oben beschriebenen außergewöhnlichen Konzeption unseres Namens meines Wissens auch die einzige registrierte Person in der gesamten Lokalen Gruppe, die einen * zwischen den Konsonanten H und t als Anfangsbuchstaben besitzt.

Als ich dann die Aufgabe akzeptierte, stand innerhalb weniger Tage mein *Abreisetermin* fest. Ich absolvierte noch den obligatorischen medizinischen Zellenscan, der für den Aufenthalt auf Tha zwingend erforderlich ist und kurz darauf machte ich meine erste intensive Bekanntschaft mit einer Verbindungsschale.

Wenn ich einen Exkurs durchführen müsste, fünfhunderttausend Jahre vor dem Tag, an dem der Marsrover Curiosity den Beginn meiner Protokolle markiert, um Rechenschaft darüber abzulegen, was sich innerhalb dieser gigantischen Zeitspanne alles verändert hat – wie sehr zum Scheitern bestimmt ein solches Vorhaben auch immer sein mag –, dann wäre unter sämtlichen von mir eingesehenen Abspeicherungen ein Eintrag in der Datei *Historisches für Kinder* wohl am hilfreichsten gewesen.

Er lautet:

»Zu Beginn des 21. Jahrhunderts können wir also bekunden:

Luft ist noch immer Luft.
Erde ist noch immer Erde.
Feuer ist noch immer Feuer.

Wasser ist noch immer Wasser.
Ein Stein ist ein Stein.
Ein Wald ist ein Wald.
Ein Fluss ist ein Fluss.
Ein Meer ist ein Meer.
Und was uns Menschen anbelangt?
Leben ist noch immer Leben.
Sterben ist noch immer Sterben.
Und zu allen Zeiten gab es Götter.
Die Grundsätzlichkeiten des Lebens haben sich nicht oder nur unwesentlich verändert.«

Und mir selbst bleibt lediglich noch hinzuzufügen, dass für die darauf folgenden fünfhunderttausend Jahre ab dem Beginn meiner Protokolle Vergleichbares gilt.

Wir sind noch immer Menschen, und wenn wir in den Spiegel schauen, sehen wir das, was Menschen seit Hunderttausenden von Jahren sehen.

Alles Unauslöschliche ist noch immer da. Liebe ist Liebe geblieben und Hass ist noch immer Hass. Wie seit Urzeiten gibt es zu allem Guten einen Gegensatz. Lediglich die Waagschalen sind anders ausbalanciert.

Nach wie vor hinterfragt jede Generation erneut den Sinn der eigenen Existenz. Wir alle werden durch unsere Geburt an den Start gesetzt und fangen bei null an. Jeder muss sein eigener Regisseur sein.

Die Erde ist noch immer die Erde. Die Feldumkehr ihres Magnetfeldes Mitte des zweiten Jahrhunderttausends multiversaler Hintergrundzeit konnte sie unbeschadet überstehen. Und wir haben unseren Heimatplaneten bereits zweimal vor einer Eiszeit gerettet und ihn zu Beginn des vierten Jahrhunderttausends vor einer kompletten Versandung und Versteppung bewahrt.

Was nur durch das für unmöglich gehaltene Vorhaben vollbracht werden konnte, eine Variante der Resonanzenergetik einzusetzen, um Teile des Erdkerns an einen in der Terunalzone fixierten Planetoiden zu koppeln, und den Planeten dadurch in seiner Umlaufbahn in gewisser Weise manövrierfähig zu machen.

Vieles aus früheren Zeiten ist allgegenwärtig und zahllose Begriffe aus der Vergangenheit haben auch heute noch eine Bedeutung.

So ist eine *Carmichael-Zahl* noch immer eine Carmichael-Zahl. Und es hätte wohl niemals jemand vorhersehen können, welch sensationelle Bedeutung diese Zahlengruppe bei der Erforschung der Laminationspunkte der Schwarzen Löcher einmal erlangen würde. Worauf ich allerdings, Ihr Einverständnis voraussetzend, werter Leser, nicht näher eingehen werde. Wer hierzu mehr erfahren möchte, dem empfehle ich, im Werk von *Franziskus Gurm* nachzuschlagen, genauer gesagt in seinem Zyklus *Schwarzschildradius und Kerr-Mythologie*.

Was wird wohl in weiteren fünfhunderttausend Jahren sein?

Im Moment weiß ich persönlich noch nicht einmal, was möglicherweise geschehen wird, wenn meine Protokolle nächstes Jahr veröffentlicht oder zumindest ausgewählten Empfängern zur Verfügung gestellt werden.

Es werde Licht!

398941

Nach unzähligen durchgeführten Positionierungen außerhalb unseres Heimatuniversums wird in einer Entfernung von sechsundachtzig Milliarden Lichtjahren im oberen Navigationswinkel von sechsunddreißig Komma eins-zwo-sieben Grad zur dritten Leuchtfeuerstraße eine Ausrichtung erreicht, die einen flüchtigen Blick auf seine Initiierung zulässt.

Dabei springt das Forschungsschiff mit dem poetischen Namen *Fackel der Menschheit*, welches mit dem leistungsfähigsten Dwara-Teleskop aller Zeiten ausgestattet wurde, ausgehend von einer Distanz von hundert Milliarden Lichtjahren zum Heimatuniversum ihm in Sprüngen von fünfzigtausend Lichtjahren entgegen und reduziert später die Sprunglänge auf zehntausend Lichtjahre bis hinunter zu einer Sprunglänge von lediglich einem zehntel Lichtjahr, um anschließend die Annäherung in Sprüngen von nur wenigen Millionen Kilometern fortzusetzen und dann vollends zum Stillstand zu kommen.

Die entstehenden Dwara-Teleskopaufnahmen ergeben eine Art Zeitrafferdarstellung eines Vorgangs von geradezu biblischen Ausmaßen.

Als würde sich die Dunkelheit im Nichts hinter einem düsteren Seidenvorhang zu einer glühenden Kohle verdichten, die sich ihm immer stärker und schneller annähert, um sich letztlich durch ihn zu brennen und gleißend zu zerbersten.

Alle Schatten reißen auseinander und unser Heimatuniversum wird in die Existenz gezwungen.

Der originale Logbucheintrag des Kommandanten lautet: »Wir haben das Gefühl, dass Gott uns dabei zuschaut, wie wir ihn durchs Schlüsselloch beobachten … und er lässt uns weiterleben. Erschüttert treten wir die Heimreise an.«

499672

Als *sie* zum ersten Mal zu uns kamen, war die Resublimierung *ihrer* Gondel mit der Ausstrahlung eines unvergleichlichen Identifikationssignals verbunden.

Es war, als würde das gesamte Sonnensystem vibrieren und nach all den Zeitaltern seit dem Erwachen des eigenen Bewusstseins, erfuhr die Menschheit endlich, dass sie nicht alleine ist.

499803

Die uns übermittelte Erkenntnis, dass der Kosmos aus einer Vielzahl unterschiedlicher Schichten besteht, führt zu der bahnbrechenden Entdeckung, dass manche Laminationspunkte unseres Heimatuniversums eine Verankerung besitzen, die sich tief in einige dieser Schichten hinein erstreckt.

Ohne diese *Rotationsanker*, von denen man bislang zehn identifizieren konnte, würde unser Heimatuniversum nicht expandieren, sondern vollständig auseinanderdriften.

499985

Es ist das Jahr *dieser einen Mission*, die ich vor vielen Nächten in meinem Protokoll bereits erwähnte.

Wir sind außerhalb unseres Heimatuniversums unterwegs, um erneut zu versuchen, den Ursprung der mysteriösen Strahlungssignatur zu erforschen, die uns nahezu seit Menschengedenken Rätsel aufgibt. Ich bin als Navigationscontroller mit an Bord.

Die Entfernung zur Heimat ist bedrückend und die Erkenntnisse der Mission geben Anlass zu allergrößter Verunsicherung.

Offensichtlich ist vor undenkbaren Zeiten durch den Einfluss eines geradezu monströsen Energiestoßes ein Phänomen ähnlich einem Schwarzen Loch von unbeschreibbarer Größe entstanden, welches eine unbekannte, aber nicht gefährliche Strahlung freisetzt, die wohl noch über Jahrmilliarden hinaus messbar sein wird.

Licht konnte diesem Energiestoß nur für wenige Sekunden entrinnen. Lediglich ein zartes Flimmern ist noch erkennbar. Wir sind uns alle einig, es gäbe in unserem Heimatuniversum keine dunklen Nächte mehr, wenn es anders gewesen wäre.

499999

Der letzte Tag der Blüteperiode.
Mir wird eine ebenso unerwartete wie faszinierende Ehre zuteil.

Als erster Auftragnehmer *ihrer* gesamten Geschichtsschreibung erfahre ich, mit welcher Bezeichnung meine Auftraggeber sich selbst benennen.

Es ist eine lang gezogene Kommunikationsstruktur, die wir Menschen aufgrund unserer Physiognomie nicht hervorbringen können und die mir offenbarte Bedeutung in unserer Sprache ist – wie alles an *ihnen* – rätselhaft und unverständlich.

Sie sind *hervorgegangen aus namenloser Einsamkeit, um die Strahlen des Feuergestirns zu erträumen.*

Über einen nicht spezifizierten Zeitraum hinweg ließen *sie* eine gigantische Anzahl von Dateien ähnlich meiner eigenen erarbeiten, und es würde mich nicht mehr aus der Bahn werfen, wenn sich herausstellt, dass *sie* so vermutlich die Entwicklung des gesamten Multiversums dokumentierten und dadurch die Werdegänge allen Lebens miteinander vergleichen können.

Ich war dann auch nicht sonderlich überrascht zu erfahren, dass es vor mir bereits eine Vielzahl anderer menschlicher Auftragnehmer gegeben hat.

Allerdings bin ich der Erste, dessen Identität nicht von *ihnen* geheim gehalten wird.

Und *sie* gewähren mir Einblick in einige ausgewählte Dokumente aus den unergründlichen Tiefen des Multiversums, die *sie* speziell für mich in eine mir verständliche Fassung umgesetzt hatten.

Fonpo

**Noch zwölf Nächte
bis zur Übergabe**

Meine Auftraggeber hatten die meisten Dokumente mit einer Altersangabe versehen, die unserem Zeitverständnis entspricht. Und ich vertiefte mich wie gebannt in Aufzeichnungen, die zum Teil so alt waren, dass ich mich kaum getraue, es hier an dieser Stelle niederzuschreiben.

Nicht alle Dokumente waren vollständig.

Einige waren offensichtlich bewusst fragmentiert und lückenhaft.

Eine nicht sehr große Datei mit der mysteriösen Kennzeichnung *Fonpo* erschien mir in besonderem Maße aufs Äußerste befremdlich, aber auch traurig und finster.

Ich habe sie wieder und wieder gelesen – obwohl ich sie bereits nach einem Tag auswendig rezitieren konnte – und seltsamerweise ist es mir noch immer unmöglich, mich dagegen zu wehren, dass sie mich zutiefst erschauern lässt, als wäre ich ein kleiner Junge, dem zum ersten Mal eine unheimliche Geschichte erzählt wird.

Eines der ältesten Dokumente wurde erstellt, eine vergessene Ewigkeit, bevor unser Heimatuniversum seinen Initialimpuls erhielt und auf der äußeren Hülle materialisieren konnte.

Es enthielt eine Information, die mich vierzehn Jahre zurückkatapultierte und auf bizarre Weise an eine eigene Erfahrung im Halo der Unendlichkeit erinnerte.

Bitte lesen Sie noch einmal gemeinsam mit mir, um meine Ergriffenheit und Faszination nachzuvollziehen:

Erster Sipto nach 402

In der Tageslichtperiode der vergangenen Rotation unserer Welt registrierten die Kolonien einen Furcht einflößenden Lichtblitz, der für nahezu die Hälfte aller Genossen zur dauerhaften Betäubung der optischen Wahrnehmung im vorderen Drittel geführt hat.

Eine auch nur annähernd vergleichbar starke Lichteinwirkung hat es seit Beginn aller Aufzeichnungen nicht gegeben und wir haben eine derartige Erscheinung auch nicht für möglich gehalten.

Die Dauer des Lichtblitzes war begrenzt auf drei Atmungszyklen, wonach er schnell verblasste und eine uns bis dahin unbekannte, kaum wahrnehmbare Strahlung zurückließ.

Obwohl uns die Strahlung als solche fremd ist, erkennen wir dennoch Merkmale einer Singularitätsstruktur in ihr.
Wie die fortführenden Dokumente zeigen, wird diese Strahlung Bestand haben in unserer gesamten Geschichte bis heute im neunhundertvierunddreißigsten Sipto nach 127411.

Ein weiteres, nicht weniger überwältigendes und gleichzeitig erschreckendes Fragment besagte:

Prinzmeister Ern, neunter Zyklus, erste Silbe
Wir sind weiter von zu Hause entfernt, als jemals zuvor. Es gibt intelligentes Leben in diesem Universum, und zwar in einem Nebenarm einer großen Spiralgalaxie.
Die Zivilisation befindet sich auf einer niedrigen Entwicklungsstufe und deshalb werden wir keinerlei Kontakt aufnehmen, sondern lediglich beobachten.

Prinzmeister Ern, neunter Zyklus, zweite Silbe
Etwas nie Dagewesenes ist geschehen.
Eine energetische Anomalie nicht identifizierbarer Herkunft störte unsere Beobachtungen der unbekannten Spezies und unser stolzes Schiff wurde auf nicht erklärbare Weise aus dem fremden Universum hinauskatapultiert.
Alle Versuche, wieder in dieses Universum zurückzukehren, scheitern. Unser Schiff wird immer wieder abgestoßen.

Und hier jenes niederschmetternde, bruchstückhafte Dokument, welches mich, seitdem ich es zum ersten Mal gelesen habe auf eine schon fast beängstigende Art und Weise in seinem Bann gefangen hält:

... Fonpo
Der Gebieter aller Kräfte residiert unbegründet und unerreichbar im Scheitelpunkt der Unverfügbarkeit ... die Anzahl der Strukturen ist unermesslich.
Wie konnten wir uns jemals dazu entschließen, ihn aufzusuchen?
Wie konnten wir jemals glauben, dass wir den Weg zu ihm finden? ...

Wie konnten wir jemals erwarten, dass er unseren Besuch gestatten wird?

Wir sind die letzten unserer Gattung und unser prachtvolles Galaxienschiff ist unsere Heimat.

Wir haben auf unserer Suche alles verloren, was es zu verlieren gab ...

... Welten sind zerfallen und unsere Sonnen erloschen.

Die Kraft unserer Gene schwindet und bald werden auch wir nicht mehr existieren und wie die anderen unserer Art ... als Staub in der unzerstörbaren Hülle unseres Schiffes durch den Sumpf aus Gravitation und Zeit treiben ...

Wo auch immer wir forschen, ob in den Sphären oberhalb oder unterhalb der äußeren Manifestierung, sie waren zu allen Zeiten ständig und überall zu finden.

... unergründlichen Stationen, die wie Lagunen in der Zeit ... die Expansion des Raumes bezeugen ...

Wie gerne hätten wir uns ihnen offenbart. Wie gerne hätten wir ihnen gegenübergestanden und ihre Hilfe erwünscht.

Aber es ist uns verwehrt, sich ihnen ohne ihr Einverständnis zu nähern.

Niemand hatte uns jemals versprochen, dass wir in Frieden leben dürfen und ein Recht auf irgendetwas haben. ... Unsere Wünsche prallen gegen unser Schicksal und obwohl unsere Art Jahrmilliarden überdauerte, sind wir am Ende nicht mehr sicher, ... die uns zur Verfügung gestellte Zeit des Bewusstseins angemessen und richtig genutzt haben.

... unseren Schöpfer um Hilfe angefleht ...

So wie sich jeder von uns am Ende seiner Lebenszeit der Frage stellen muss, ob er die Gnade seiner Existenz nicht vergeudet hat, so fragen wir wenigen Verbliebenen uns, was wohl geschehen wäre, wenn es niemals einen Kontakt zur Schutzsubstanz gegeben hätte ... und ... Fonpo bliebe für immer und alle Zeiten verborgen.

Elfter Teil

Der Tag des Auftrags

7. Januar 499999.
Ich stand kurz davor, die navigationstechnische Verankerung einer von mir neu eingerichteten multiversalen Verbindungstangente zur Nutzung freizugeben, als der Kommunikator mich mit höchster Dringlichkeit aufforderte, so schnell wie möglich die Projektion zu verlassen.

Im Grunde genommen ein recht außergewöhnlicher Vorgang, denn grundsätzlich werden autorisierte Bevollmächtigte für die Dauer ihres Aufenthalts in der Projektion nicht gestört. Ganz egal, wie wichtig der Anlass auch immer sein sollte.

Die Prozeduren der Überwachungsarbeiten und vor allen Dingen neue Verankerungen erfordern ein immenses Maß an Konzentration und normalerweise blieb man innerhalb der Projektion vollständig abgeschirmt. Die persönlichen Dwara-Kommunikatoren waren vom Prinzip her lediglich dazu gedacht, in Ausnahmesituationen einen eigenen Kontakt nach *draußen* herzustellen.

Bis zu der Entdeckung des Sternenhimmels auf Tha stellte die Projektion innerhalb der Multiversalgalerie den erhabensten Anblick dar, den man sich vorstellen konnte.

Unter allen Errungenschaften der Menschheit hält sie eine einzigartige Position inne. Technische Meisterleistungen haben es ermöglicht, unser gesamtes Heimatuniversum in ihr abzuspeichern, und zwar in einer maßstabgerechten Detailtreue, die bis auf die grobe Oberflächenstruktur der einzelnen Himmelskörper herangezoomt werden kann.

Dabei ist die Kartografierung der einzelnen Galaxien, Gruppen und Filamente nach fast fünf Jahrhunderttausenden nahezu perfekt. Die primären Erfassungsdaten von vier weiteren Universen erlauben theoretisch eine grundsätzliche Navigation innerhalb einer kosmischen Kugel mit einem Radius von mehr als sechs Billionen Lichtjahren.

Und das gesamte Wissen über Strukturen und Positionierungen konnte untergebracht werden in einem virtuellen Raum mit einem Durchmesser von zwölf Parsec.

Die einzelnen Verbindungstangenten sind fest verankerte Navigationsstraßen, deren Simulationen von jedem Sternenkreuzer abgerufen werden können, und seit mehr als fünfzigtausend Jahren bilden sie die Grundlage für die universale und multiversale Raumfahrt.

»Lieber Freund Ttrebi, wir bitten Sie herzlich, Ihre Arbeiten auf dem schnellsten Weg zu unterbrechen und sich anschließend unverzüglich zu uns in die Verwaltungszentrale zu begeben. Ihnen wird die Ehre des höchsten und außergewöhnlichsten Besuches zuteil.«

So lautete die Originalmitteilung.

Am Projektionsausgang verließ ich die Aktualisierungskapsel.

Ich sah sie sofort.

Sie schwebte neben dem Zentralturm und es war das erste Mal in meinem Leben, dass ich eine *Verbindungsschale* mit eigenen Augen sah.

Alles, was ich darüber gehört hatte, entsprach der Wahrheit.

Ihre Konturen waren in der Tat nur unscharf zu erkennen, so als hätte sie sich noch nicht vollständig auf eine materielle Existenz einjustiert. Sie vermittelte den Eindruck einer silbrigen Schale mit einem Durchmesser von nahezu fünfzig Metern. In der Schale rotierten drei majestätische Diamantkegel.

Wie wir alle wissen, kann man sich einer Raumgondel nur mit konventioneller Unterlichtgeschwindigkeit nähern. Demzufolge nimmt es in jedem Fall eine gewisse Zeit in Anspruch, bis man zu ihr gelangen kann.

Und das setzt voraus, dass die Annäherung auch zugestanden wird.

Da sich die Raumgondel jederzeit fortbewegen oder eine Annäherung unterbinden kann, ist sie der unerreichbarste *Ort* im bekannten Multiversum.

Und seit *ihrer* ersten Kontaktaufnahme haben *sie* stets *ihre* Verbindungsschalen entsandt. Nicht ein einziges Mal wurde einem unserer Schiffe gestattet, in die direkte Nähe einer Gondel zu gelangen.

Böse Welt?

Es will mir nicht gelingen, für dieses Zwischenkapitel die angemessenen Formulierungen zu finden, und ich bitte Sie, werter Leser, um Ihr Verständnis hierfür. Obwohl ich nicht der Richter einer längst entschwundenen Zeit sein kann oder will, lasse ich dennoch die grundsätzliche, wenngleich ungeordnete Stoffsammlung sowie ein paar oberflächlich konzipierte Gedanken hierzu als Bestandteil meiner Protokolle bestehen. Vielleicht lesen Sie sie ja trotzdem und finden Ihre eigene Antwort darauf, was ich zu sagen versuche.

Mord, Totschlag, Körperverletzung, Vergewaltigung, Kindesmissbrauch, Diebstahl, Lug und Betrug, Hinterlist, Terror, Folter, Habgier, Neid, Missgunst, Erpressung, Verrat, Menschenhandel, Fälschung, Nötigung, Brandstiftung, Rechtsbeugung, Piraterie, Armut, Hunger, Not, Elend, Unterdrückung ...

Ich glaube nicht, dass Sie sich vorstellen können, was ich bei meinen historischen Recherchen über diese Begriffe detailliert in Erfahrung bringen musste. Alles ging weit über die Informationen in den Ausbildungszyklen hinaus. Und alles war viel schlimmer, als ich jemals gedacht hatte, und es ist für mich nicht verwunderlich, dass die Menschen sich vor Urzeiten fragten, aus welchem Grund Gott dies alles geschehen lässt.

Möglicherweise sieht er einen Moment lang weg und das unbeobachtete Multiversum schreit auf?

Im Grunde genommen ist es kaum zu glauben, dass sich aus dem Sumpf von Widerwärtigkeiten überhaupt etwas entwickeln konnte und ich bin überzeugt davon, dass vieles schon lange vor den Zeiten des Chromosomenbrandes zugrunde gegangen wäre, wenn nicht das unaufhaltsame Gieren nach Vorteilen egal welcher Art alles angetrieben hätte.

Ganz gewiss war es so, dass der überwiegende Anteil von allem Schlechten von einer winzigen Minderheit ausging, aber die sich fügende breite Masse war groteskerweise auf ihre eigene kleine Art und Weise ebenfalls weitgehend ignorant und verdorben.

Diejenigen, die das anprangerten, wurden nicht gehört.

Das gesamte System erwies sich als falsch.

War die Revolution wie Saturn? Im Verlauf der Menschheitsgeschichte hatte es immer wieder Revolutionen und Aufstände gegeben, um schlechte Zustände in bessere zu ändern. Leider – bis auf wenige Ausnahmen – ohne Erfolg. So war es nicht ungewöhnlich, dass es auch Menschen gab, die damals dachten, dass die nächste Revolution so einschneidend und durchdringend werden könnte, dass sie gleichzeitig auch das Ende der Menschheit bedeuten würde.

Gut und Böse sind lediglich zwei Erscheinungsformen der gleichen Kraft. Ist es eine Frage der Interpretation, wohin sie letztendlich zugeordnet werden? Es ist bis heute noch nicht einmal klar, ob *gut,* so wie wir es empfinden, überhaupt existiert oder im kosmischen Sinne etwas Positives ist. Möglicherweise sind ja unsere sämtlichen Wertvorstellungen falsch.

Wenn man es mit Menschlichkeit nicht schafft, gegenüber dem Bösen zu bestehen, darf man es dann mit Unmenschlichkeit versuchen?

Ist es so, dass wir lediglich in subjektivem Kontakt mit unserem Schöpfer stehen, er aber nicht mit uns?

Und wenn es so wäre, ist es nicht so, dass trotzdem nichts, aber auch gar nichts fantastischer erscheint, als die simple Tatsache, dass wir überhaupt existieren?

Und was soll ich nur tun, wenn mir eines Tages mein eigener Schatten die Gefolgschaft verweigert?

Sprung

Meine Angespanntheit und meine Nervosität kannten keine Grenzen, als der Moment bevorstand, an dem ich den ersten selbstständigen Dwara-Sprung mit einem Raumschiff durchführen sollte.

Aber mein Herz brannte und meine Seele war schon längst im Weltall gestrandet. Alles andere wurde in den Hintergrund gedrängt und aus dem Einflussbereich meiner Sinne verbannt.

Die Steuerzentrale eines Ausbildungsraumschiffes ist ein leerer Raum. Man muss sie passend für die jeweilige Reise konfigurieren und kann sie bei Bedarf während des Fluges umgestalten. Die Konfigurationsrezeptoren sorgen dafür, dass nach den Kommandos die erforderlichen Steuerpulte und Sitzfelder wie von magischer Hand geführt materialisieren. Die abgeschlossene Raumkonfiguration beinhaltet auch den visuellen Kontakt zur Außenwelt und es sieht tatsächlich so aus, als würde man von einer überdimensionierten Veranda aus in das vorbeihastende Weltall schauen.

Einen Unterschied zur Schaltzentrale der intergalaktischen Fernsteuerungen erkennt man unheimlicherweise auch bei allergrößter Anstrengung nicht. Solange man keinen Sprung durchführt, müsste man die Kommandozentrale des Raumschiffes verlassen, um zu erkennen, ob man sich tatsächlich vor Ort befindet oder über eine Fernverbindung angekoppelt ist. Und ohne auch nur im Geringsten zu zögern, hörte ich – ein gerade erst fünfzehnjähriger verwegener Beansprucher eines Ausbildungsplatzes – mich die Anweisungen zur Konfigurationsprozedur aussprechen. »Zugriff auf Multiversalgalerie gemäß Konfigurationsberechtigung Wernloga-791-Htr.

Vier Personen.

Intergalaktischer Kartografierungstest – Dauer sechs Stunden.

Kein Planetenkontakt vorgesehen.

Abspeicherung aller Reisedetails.

Freie Energiekontrolle mit Standardsicherung.

Neurografische Projektion zweihundertfünfundzwanzig Grad.

Navigationstangente auf Zielsimulation.
Sprungziel: Standardausbildungsziel sieben«.

Standardausbildungsziel sieben ist eine Position in der Nähe eines sehr kleinen Sternenhaufens etwa fünfzigtausend Lichtjahre neben der Lokalen Gruppe. Es wird während der Ausbildung derart häufig als neutrales Sprungziel verwendet, dass ich gar nicht mehr sagen kann, wie oft ich aus unterschiedlichsten Standorten dorthin gesprungen bin.

Wie jeder, dessen erster Raumschiffsprung bevorsteht, konnte ich nicht von dem Gedanken lassen, dass sich durch ihn die Struktur meines Körpers oder meines Geistes unbemerkt verändern würde, und die Veränderung würde mir erst bewusst, wenn es bereits zu spät wäre.

Wie wir alle wissen, geschieht nichts davon, weder während der Benutzung des Dwara-Transportgenerators noch beim Raumschiffsprung.

Und jetzt, nach den Sitzungen im Blütenrausch, versuche ich vergeblich, eine Vorstellung davon zu entwickeln, wie fremdartig und übergeordnet die Beschaffenheit der Verbindung zwischen uns und unserem Parallelkörper sein muss, damit sie auch während eines Dwara-Sprunges bestehen kann. Es stellt eine große Erleichterung dar, zu wissen, dass diese Verbindung untrennbar ist, ganz egal wie und wohin wir uns bewegen. Meine Auftraggeber haben mir versichert, dass unser Tod die einzige Möglichkeit darstellt, die beim Erwachen des eigenen Lebens vollzogene Verbindung zu lösen.

Es ist weniger als ein Wimpernschlag und man befindet sich irgendwo anders. Außer dem Gefühl, als würde im Hinterkopf ein winziges Glöckchen einmal vorwärts und rückwärts schwingen, spürt man nichts und diese kleine Sequenz ist der einzige spürbare Unterschied zwischen dem Raumschiffsprung und der Fernsteuerung aus der Schaltzentrale oder der Nutzung eines Transportgenerators.

Ich bin unbestrittener Meister aller Zielsimulationen.

Schöne Welt?

Bereits zu Beginn meiner Aufzeichnungen hatte ich erwähnt, dass wir, was die Freiheit der Auswahlmöglichkeiten anbelangt, im bislang interessantesten und vielseitigsten Abschnitt der Menschheitsgeschichte leben. Um der etwas bedrückenden Stimmungslage, die sich meiner bemächtigt hat, zu entfliehen, lenke ich mich gerne kurz damit ab, mir noch einmal zu vergegenwärtigen, in welch wundervollen Zeiten wir alle heutzutage tatsächlich leben dürfen.

Und sicherlich sind auch Sie, werter Leser, sich über die faszinierenden Optionen, die uns allen zur Verfügung stehen, im Klaren.

Sollten Sie allerdings die Entscheidung getroffen haben, sich auf Breitrot 13 oder Tergandh Onikro niederzulassen, dann können Sie bestenfalls durch ein zufälliges Ereignis in den Besitz meiner Aufzeichnungen gelangt sein und wissen nichts oder nur sehr wenig über gegenwärtige Optionen.

Wann hätte man sich in grauer Vorzeit jemals träumen lassen, was heute zum grundsätzlichen Bestandteil des alltäglichen Lebens geworden ist?

Nach Beendung der Erziehungs- und Ausbildungszyklen steht uns als Basis für unsere Regulärleistung jede gewünschte Neurodatei zur Verfügung. Das über diese Datei implantierte Wissen bleibt so lange in unserem Gehirn *installiert*, wie es dauerhaft genutzt wird. Wenn es zwei Monate brachliegt, verflüchtigt es sich, kann aber jederzeit erneut übertragen werden.

Es ist nicht erstaunlich, dass eine große Mehrheit aller Menschen versucht, sich bei der Wahl ihrer Regulärarbeit für gestalterische oder manuelle Tätigkeiten zu entscheiden. Sie sind die begehrtesten aller Arbeiten.

Das grundsätzliche Valutaregister für jegliche Regulärarbeit ist gleich, und aus diesem Grund beurteilt der weitaus überwiegende Teil der Menschheit eine Tätigkeit heutzutage ausschließlich nach dem individuellen Grad der Zufriedenheit, den sie gewährleistet. Und weil durch die Valutaregister seit Tausenden von Generationen auf spektakuläre Weise unsere Existenzängste unterbunden werden, steht jedem, der es wünscht, der Weg zur freien Entfaltung offen. Und ich konnte bei meinen Recherchen noch einmal verfolgen, dass es damals nur wenige Generationen dauerte, bis die Anhäufung materieller Güter auf erstaunliche Weise ihren Reiz verlor, nachdem sie frei verfügbar wurden.

Für diejenigen, die aus unterschiedlichsten Gründen nach exponierten Positionen oder koordinierenden Funktionen strebten, stellten die Sondervaluten häufig lediglich ein dazugehörendes Extra dar. Nicht wenige verzichteten sogar auf deren Freischaltung.

Es gibt für jede Branche und für jeden Einsatzzweck geradezu fantastische Neurodateien, die jeden ihrer Nutzer in die Lage versetzen, selbst die kompliziertesten Transaktionen abzuwickeln. Sie beinhalten eine Unterrichtung auf dem höchst vorstellbaren Wissens- und Ethikniveau. Die Dateien zum Thema Planeten- und Strukturmanagement sind schlichtweg einzigartig.

Es kann im Laufe eines Arbeitslebens eine Art Rotation stattfinden. So ist es durchaus nicht ungewöhnlich, wenn jemand, der zum Beispiel im Alter von siebzig Jahren als Mechaniker im Bereich Generatortechnik tätig sein will, zuvor für eine vorübergehende Zeitspanne Sondervaluta bezogen hat, weil er einen Kontinent, wenn nicht sogar einen kompletten Planeten gemanagt hat.

Sechshundertdreiundneunzig Welten sind durch Dwara-Generatoren miteinander verbunden. Die Logistik der Verwaltungscluster ist überwältigend. Die Versorgung wird sichergestellt durch die weitverzweigten Ernährungsdomänen. So sind viele Planeten ausschließlich für Ackerbau, Viehzucht und Fischerei freigegeben. Und Milliarden Lichtjahre von der Erde entfernt leben Löwen und Elefanten, Pinguine und Kolibris.

Die multiversalen Linienkreuzer liefern regelmäßig Informationen aus unseren vier Nachbaruniversen. Offenbar gibt es dort keine intelligenten Lebensformen, was nach dem mir zuteilgewordenen Kenntnisstand bedeuten muss, dass der Impuls des Impulsverwalters noch aktiv ist.

Auch ohne dieses Wissen entwickelt sich eine in den Vordergrund drängende allgemeine Auffassung, nach der es uns nicht zusteht, in diesen Universen detaillierte Forschungen zu betreiben. Unsere Wertvorstellungen führen zwangsläufig zu dem Schluss, dass sie uns nicht gehören. Und mit großer Wahrscheinlichkeit werden die multiversalen Erkundungsflüge in nicht allzu ferner Zukunft neu bewertet – wobei ich persönlich sicher bin, dass noch etwas weitaus Tiefgreifenderes geschehen wird. Denn ich glaube, wir werden lernen müssen, dass es uns nicht gestattet ist, dass wir uns einem noch aktiven Impuls bewusst aussetzen.

Es existiert jede Art von individueller, privater Raumfahrt bis hin zu den Grenzen des Heimatuniversums und darüber hinaus. Die ferngesteuerten Schiffe sind die sichersten Fortbewegungsmittel aller Zeiten. Das Risiko einer gefährlichen Situation im Weltall liegt bei null Prozent.

Sehr beliebt sind zurzeit die *Meditationskapseln*. Kleine durchsichtige Kugeln, die von einem Shuttle weit hinter den Rand des Heimatuniversums gebracht werden. Sie bieten Platz für nur eine einzige Person, die in Schwerelosigkeit und völliger Abgeschiedenheit vier Stunden mit sich und dem Anblick unseres Universums alleine ist.

Die Beliebtheit rührt auch teilweise daher, dass seit Mitte des fünften Jahrhunderttausends jede Person, die sich wenigstens ein Mal weiter als eine Milliarde Lichtjahre von den Grenzen unseres Heimatuniversums entfernt hat, damit die Berechtigung erwirbt, an einer beliebigen Stelle ihres Namens das Symbol * einzusetzen. Und erst die Meditationskapseln eröffnen die private Möglichkeit, diesen Stern für sich zu beanspruchen.

Die einzige Person in der Menschheitsgeschichte, der im Nachhinein die wundervolle Ehre zuteilwurde, den * im Namen zu führen, ohne selbst jemals unser Heimatuniversum verlassen zu haben, ist Berdonla Sa*ä.

Gondel und Schale

Drei Nächte bis zur Übergabe

Das mögliche Aussehen einer Raumgondel ist Gegenstand heftigster Spekulationen.

Ich kenne kaum eine wichtige oder interessante Person des Zeitgeschehens, die sich hierzu nicht schon einmal öffentlich geäußert hat. Und allen Erklärungsversuchen wurde jeweils vorangestellt: »Es könnte sein«, »möglicherweise«, »wir vermuten«, »vielleicht« ...

Niemand hat jemals eine Gondel tatsächlich gesehen.

Alle bislang registrierten Verfestigungen machten sich bemerkbar durch eine *Vibration* in der Terunalzone, gefolgt von der sofortigen Entkopplung sämtlicher durch Resonanzenergetik bewerkstelligten Verbindungen innerhalb von bis zu zehn Lichtjahren.

Der Vorgang der Verfestigung selbst entzog sich jeder Aufzeichnung oder Dokumentation.

Er fand immer in einem Abstand von mindestens einem Lichtjahr zur nächstgelegenen aufgelösten Terunalkopplung statt.

Zeitgleich mit der Funktionsunfähigkeit der Resonanzenergetik war im Umkreis von bis zu zwei Lichtjahren um die Verfestigungszone herum die Dwara-Technologie nicht mehr verwendbar.

Eine Verbindungsschale ist das einzige existierende Transportmittel, mit dem man sich einer Gondel tatsächlich annähern kann. Vom Start aus benötigt sie exakt neunundfünfzig Sekunden, bis sie die Gondel erreicht und diese Zeitspanne ist – so befremdlich das auch sein mag – immer gleich lang, völlig unabhängig davon, wie weit sie von der Gondel entfernt ist.

Wenn sie sich im Ruhezustand befindet und sich nicht fortbewegt, umkreisen sich die schwebenden Diamantkegel in ihr langsam und anmutig in einer verwirrenden Linienführung ungefähr einen Meter oberhalb des Bodens.

Sobald die Schale sich in Bewegung setzt, versinken die Diamantkegel in ihr und rotieren zur Hälfte in und zur Hälfte außerhalb der Schale.

Eine Verbindungsschale ist ein unwirklicher Anblick, der einem gänzlich den Atem verschlägt.

Es ist uns gestattet, neurografische Aufzeichnungen von ihr zu erstellen. Die Archive sind voll davon, was aber bislang nicht dazu geführt hat, dass wir in irgendeiner Weise verstehen, womit wir es hier zu tun haben.

Aufnahmen einer Gondel sind nicht verfügbar und soweit wir wissen auch nicht möglich. Aufzeichnungsprotokolle über den physikalischen Vorgang der Verfestigung sind uns untersagt und unabhängig davon mit unserer Technik auch gar nicht möglich.

Ich wurde auf Wernloga mit einer Gondel abgeholt und nun auf Tha steht mir dieses Erlebnis erneut bevor.

Ich erinnere mich an keinerlei Details, außer daran, dass meine Auftraggeber mich wissen ließen, dass die Gondel von innen für jeden Fremden anders aussieht. Von außen ist ihr Anblick jedem verwehrt. Oder machen *sie* für mich irgendwann einmal eine Ausnahme?

Unter dem Einfluss der Blüteperiode hatte ich zeitweise das Gefühl, dass ich lediglich einen einzigen Gedankenwechsel davon entfernt war, mich daran zu erinnern, die Raumgondel, die anlässlich meines ersten Kontakts mit den Auftraggebern nahe dem System Mentbrega 3 erschien, gesehen zu haben.

Mich beschlich eine Ahnung, dass es sich um ein Objekt handelte, welches in einer unbekannten Farbe loderte und eine noch nie gesehene und nicht für möglich gehaltene, völlig fremde Form aufwies.

Und genau aus diesen beiden Gründen wäre es meinem Gehirn nicht möglich, das mit der Realität zu verknüpfen, was ich vermeintlich gesehen habe.

Beunruhigenderweise schien mein *neues* Gehirn die Form und Farbe einer Raumgondel zu kennen.

Der *Planet*

Die Aufzeichnungen waren exzellent getarnt und ich hätte sie mit einem Standard-Dwara-Rezeptor und ohne die Hilfe der Auftraggeber nicht gefunden. Ich konnte nicht feststellen, dass jemals eine Veröffentlichung über die Entdeckung des *Planeten* stattgefunden hatte. Es gibt jedenfalls keinerlei Schulungsunterlagen über ihn und es war mir auch nicht möglich herauszufinden, weshalb man seine Existenz verheimlichte. Er umkreist noch immer seine Sonne, aber er beheimatet jetzt, wie aus den Unterlagen hervorging, ausschließlich eine üppige Fauna. Nichts deutet darauf hin, was wir vor nahezu vierhunderttausend Jahren entdeckten.

131407

Es war ein unvergleichlicher Aufschrei im Raumschiff, als die Ergebnisse der Abtaster eine Lebensform oberhalb pflanzlicher Strukturen anzeigten.

Und der Aufschrei war noch größer, als die ersten Bilder übertragen wurden.

Menschen! Hier, nahezu zwanzig Milliarden Lichtjahre von der Erde entfernt?

Sie sahen aus wie wir und streiften unbekleidet durch eine Landschaft, die einen unwillkürlich an alte Beschreibungen vom Paradies erinnerte.

Aber sie waren dumpfe Tiere mit leeren Augen, ohne irgendeine Art von Bewusstsein, die lediglich auf eine gespenstische Art fast so aussahen wie wir.

Sie kommen

Spiralarm Pibra 7 ist seit Tagen für jeglichen Raumflug gesperrt.

Wie bereits erwähnt, ruft die Verfestigung einer Raumgondel eine Reaktion hervor, die in ihrem Einflussbereich weder eine Fortbewegung durch die Terunalfixierung noch durch den Dwara-Antrieb ermöglicht. Andere physikalische Gesetze werden ebenfalls beeinträchtigt.

Es ist so, als ob im Umkreis von vielen Lichtjahren um die Raumgondel herum die korrekte Verbindung zwischen unserem Heimatuniversum und den ihm folgenden, uns bekannten Gesetzen nicht mehr besteht. Auch die Theorie der Partikelfamilien bietet hierfür keine Erklärung.

Als Konsequenz wurde das Phänomen nach seiner Entdeckung als *nicht zum Multiversum gehörend* eingestuft.

Am vierundzwanzigsten Dezember 499999 multiversaler Hintergrundzeit verfestigte sich die Struktur einer Raumgondel in unmittelbarer Nachbarschaft des Systems Gaath.

Sie kondensierte ins Weltall wie Feuchtigkeit in der Luft.

Zwölf Tage nach der Übergabe

500000

»Wir wollen feststellen, ob wir erwartet werden.« So lautet die Verständigungsstruktur, die ich wahrnehme, jetzt, wo wir am fünften Januar des Jahres 500000 AD multiversaler Hintergrundzeit den ersten Übergang einleiten, um uns auf eine beispiellose multidimensionale Reise zu begeben.

Nachträgliche Anmerkung
der *Gesellschaft der Bevollmächtigten Navigatoren*:

Die Vertragsbedingungen, welche von Ttrebi H*tr ausgehandelt wurden, sahen vor, dass es uns gestattet wird, seine Protokolle zu einem Zeitpunkt unserer Wahl zu veröffentlichen. Er hatte sie für uns – nahezu zeitgleich mit seiner *Abreise* – in die Datenbank unserer Verwaltungszentrale geschickt.

Wir betrachten diese Aufgabe als große Ehre und Verpflichtung und verbürgen uns dafür, dass sich alle Aufzeichnungen im Originalzustand befinden und somit keinerlei Veränderungen inhaltlicher oder struktureller Art vorgenommen wurden. Der Multiversale Rat ist bereits informiert und wir werden die Veröffentlichung der Aufzeichnungen nicht hinauszögern.

Es ist nicht annähernd abzusehen, welche Auswirkungen sich hieraus auf die Menschheitsgeschichte ergeben werden.

Eine hinzugefügte Fußnote seines Vertrages enthielt überdies die Genehmigung, mit uns in Kontakt zu bleiben, soweit sich das über die multidimensionalen Grenzen hinweg als möglich herausstellen sollte.

Und augenscheinlich sind der Kommunikationstechnologie der Auftraggeber keinerlei Grenzen gesetzt, denn uns erreichte aus den namenlosen Tiefen des Kosmos eine Vielzahl von faszinierenden Berichten, in denen Ttrebi uns allerdings um Verständnis dafür bat, dass ihm keine visuellen Übertragungen gestattet waren.

Die erste Nachricht, die wir von Ttrebi erhielten, beinhaltete die Information, dass die Raumgondel – ohne zuvor in den untergeordneten zeitlosen Basisraum gesprungen zu sein – an den Ufern des multiversalen Raumes materialisierte.

»Es müssen in der Tat Billiarden sein«, war seine Einschätzung zu der Anzahl der Universen auf der äußeren Schicht.

Dann erfolgte das Eintauchen in die erste Schicht unterhalb des Basisraumes, gefolgt vom Durchdringen der zweiten, dritten und schließlich der vierten Schicht.

Die Mitteilung hierüber ist im Folgenden wortgetreu wiedergegeben.

»Liebe Freunde, ich habe in den letzten Zeiteinheiten Dinge gesehen, die alles übersteigen, was man jemals auszudenken vermag und die mich mit tiefster Demut und Ehrfurcht erfüllen.

Meine Ängste waren unbegründet und ich würde um nichts auf der Welt mehr auf diese Reise verzichten, ganz gleich, welchen Ausgang sie nehmen wird.

Unsere Gondel ist allen Anforderungen gewachsen, obwohl mir nach wie vor vollkommen unverständlich ist, auf welche Art und Weise *wir* unsere jenseits jeglicher Vorstellung einzustufenden Energiemengen generieren.

Ich bin ungeheuer stolz darauf, dass ich, Ttrebi H*tr, meinen Anteil daran habe, dass *wir* sehr viel weiter in die Struktur des Kosmos vordringen können, als meine Auftraggeber für möglich hielten.

Und ich kann es kaum fassen, wie klar ich hier und jetzt verstehe, was getan werden muss, um die einzelnen Dimensionsübergänge zu gestalten. Offensichtlich hat die Blüteperiode auf Tha noch immer nachhaltige Auswirkungen und manchmal kommt es mir so vor, als würde ein kleiner Teil von mir noch immer in einer unbeschreiblichen Verbindung verharren.

Wir sind jetzt bereits in der fünften Schicht und ich wünschte, ihr könntet sehen, was ich sehe, oder ich wäre auch nur annähernd in der Lage, es euch zu beschreiben.

Es ist nicht die erste Reise meiner Auftraggeber durch die Dimensionen, aber noch niemals konnten *sie* so tief und nachhaltig in die Strukturen der Schichten eindringen.

Alle sind der Überzeugung, dass wir sämtliche *vor* uns liegenden Schichten überwinden und letztlich das Zentrum erreichen werden.

Aber die Resultate *unserer* Messungen sowie die jüngsten Interpretationen der Koordinationsrezeptoren ergeben auch, dass möglicherweise von nun an nichts mehr von dem, was theoretisch vorhergedacht wurde, der Realität entsprechen wird.

Ich selbst beginne immer deutlicher, die Anwesenheit von etwas wahrzunehmen, das mir unerträglich fremd und gleichermaßen vertraut vorkommt. Es ist bereits in meinen Träu-

men und ich vermag es nicht mehr, daran zu glauben, dass wir auf dem Weg sind, Gott einen Besuch abzustatten.
Es ist sein *Impulsreduzierer*. Er hat uns ...«

Ein Epilog?

Das war die letzte Nachricht, die wir erhielten und danach ist es niemandem mehr gelungen, in irgendeiner Weise Kontakt mit Ttrebi oder den Auftraggebern aufzunehmen.

Keiner von uns kannte die Position auch nur eines einzigen von *ihnen* besiedelten Objektes. Es ist noch nicht einmal sicher, ob derartige Objekte überhaupt existieren. Und es werden bereits erste Spekulationen darüber angestellt, ob es seit unserem allerersten Kontakt nicht immer nur eine einzige Gondel gegeben hat.

Wir sind wieder alleine und wissen dennoch, dass wir es nicht sind.

Der Kontakt zu den Auftraggebern war eine unvergleichliche Bereicherung für uns Menschen. Jetzt werden *sie* uns fehlen, wie eine entschwundene, wundervolle Erinnerung.

Und es bedarf keiner großen Erklärungen und Bekundungen. Wie auch immer man beschreiben will, was sich dort oben, unten, innen oder jenseitig befindet, wir werden herausfinden müssen, was es ist.

Es steht uns nur eine einzige verwertbare, aus Messwerten bestehende Dokumentation über die Verfestigung einer Raumgondel zur Verfügung, weil uns letztlich diese eine gestattet und ermöglicht wurde. Was angesichts der Ereignisse wie ein Vermächtnis anmutet.

Es handelt sich um das Verfestigungsprotokoll der Gondel, die am vierundzwanzigsten Dezember des Jahres 499999 AD multiversaler Hintergrundzeit nahe dem System Gaath erschien, um Ttrebi aufzunehmen.

Sämtliche Haupteinheiten der wissenschaftlichen Cluster haben die Aufgabe erhalten, diese Dokumentation Schritt für Schritt zu analysieren, um herauszufinden, wie eine Verfestigung vor sich geht und was genau dabei geschieht.

Es gibt bereits jetzt erste vorsichtige Hinweise darauf, dass, wenn es einen *mobilen Rotationsanker* gäbe, eine Raumgondel diverse vage und schattenhafte Übereinstimmungen mit ihm hätte.

Vor uns liegt die bislang größte Herausforderung der Menschheit überhaupt, denn ungeachtet der Schilderungen unseres alten Freundes Ttrebi werden wir alles daran setzen, unsere eigene Raumgondel zu erschaffen.

Und niemand weiß, ob wir erwartet werden – jenseits aller vorstellbaren Orte.

Wir sind damit nicht vollständig am Ende sämtlicher zu übermittelnden Informationen angelangt.

Es gibt noch eine letzte, sehr persönliche Notiz von Ttrebi, die er wohl zunächst nur für sich selbst angefertigt hatte und die nicht zu dem uns zur Verfügung gestellten Publikationspaket gehört.

Wir fanden sie abgespeichert im Tagebuch der von ihm bewohnten Zuteilung 58A11. Er hatte sie kurz vor der Übergabe seiner Dateien sowie in den allerersten Morgenstunden des fünfundzwanzigsten Dezember 499999 verfasst, also nur wenige Stunden vor seiner ursprünglich geplanten Rückreise nach Wernloga.

Es spricht nichts dagegen, dass wir diese Notiz jetzt noch hinzufügen, vor allem, weil sie ungeschützt und ohne jegliche Codierung eingespeichert wurde. Sie war lediglich mit einem Offenlegungscountdown versehen, der am sechsten Januar des Jahres 500000 AD multiversaler Hintergrundzeit endete.

In einer Nebenschleife der Speicherstruktur fanden wir ebenfalls die Synchrondatei, auf die Ttrebi in seinen Protokollen häufig, wenn auch nur andeutungsweise eingeht. Merkwürdigerweise ist sie durch einen Offenlegungscountdown geschützt, der erst am vierten März des Jahres 500004 AD multiversaler Hintergrundzeit abläuft.

Sie als Leser werden in Ttrebis letzter Notiz direkt angesprochen und deshalb sind wir sicher, dass er wollte und wusste, dass wir sie finden und Ihnen zur Verfügung stellen.

Der Abend der Übergabe

Vierundzwanzigster Dezember 499999

Ich bin nicht mehr sicher, ob ich mit all dem fertig werde.

In den Wochen seit dem Ende der ersten und *nahezu* einzigen Blüteperiode, die ich erleben darf, habe ich sämtliche von mir erstellten Dateien wieder und wieder überarbeitet.

Und offensichtlich empfange ich noch immer Resonanzen auf das, was mir unter dem Einfluss der Sapientiae-Pflanze zuteilwurde.

Ich hatte für Sie, werter Leser, eine kleine Auswahl aus meinen Dateien so zusammengefasst, als wären Sie ein Zuhörer, dem ich alles sagen kann – und habe es aber dann doch nicht getan.

Das will ich jetzt in annähernd letzter Minute, wo die Übergabe so kurz bevorsteht und mir kaum noch Zeit bleibt, nachholen, indem ich die verbleibenden Vermerke, die ich Ihnen und auch mir noch schulde, in meine Protokolle aufnehme.

So hatte ich den folgenden Passus zunächst gelöscht und nach einer nahezu lähmenden inneren Zerrissenheit vermag ich endlich, es als Erlösung von einer mir auferlegten Bürde zu empfinden, wenn ich ihn an dieser Stelle wieder einfüge.

Der vorletzte Tag der Blüteperiode
499999

An diesem Tag gibt es nur eine kurze Sitzung und lediglich einen einzigen Gedanken, den ich klar erfassen kann. Alles andere bleibt verschwommen und es ist mir nicht möglich, mich auf etwas anderes zu konzentrieren, als diesen Gedanken, der ähnlich in mein Gehirn eindringt, wie die Vision des Apfelbaumes in der ersten Stunde unter dem Einfluss der Sapientiae-Pflanze.

Es ist ein Gedanke, der wohl einer großen Anzahl der progressivsten Wissenschaftler als Bestärkung für ihre bereits angedeutete Auffassung gelten wird, die besagt, dass wir heutzutage vom Verständnis des Multiversums genauso weit entfernt sind, wie vor Hunderttausenden von Jahren.

So, wie die Entropie dem Ablauf der Zeit eine Richtung verleiht, muss es etwas geben, womit erklärt werden kann, weshalb alles so ist, wie es ist. Und sollte sich diese Erklärung mir heute offenbart haben, so wünschte ich, es wäre nicht so.

Ich muss an eine völlig ebene Fläche denken. Auf ihr liegen feinste Metallspäne und unter dem Einfluss eines Stabmagneten richten sich die Späne aus und bringen die bekannte Bogenstruktur hervor, die von einem Pol des Magneten zum anderen reicht.

Und mein neues Gehirn drängt mich dazu, einen Satz auszusprechen, der mich, nachdem ich ihn ausgesprochen hatte, dazu veranlasst, sofort und auf der Stelle die Terrassenkuppel zu schließen und auch am letzten Tag der Blüteperiode nicht wieder zu öffnen.

Was ich sagte, war: »Das ist es, was der Impulsverwalter bewirkt ... in allen Ebenen ... mit allem ... und zu allen Zeiten.«

Wie ist es denkbar, dass mir dieses Wissen zugänglich wird, wo ich doch deutlich zu spüren vermag, dass es nicht für uns Menschen bestimmt ist?

Mir bleibt ein nicht genutzter Tag der Blüteperiode. Ich kann mir nicht mehr vorstellen, dass ich ihn jemals einsetzen werde. Ich würde es nicht ertragen, noch näher an eine mögliche Wahrheit zu gelangen.

Meine Einschätzungen zu dem, was ich protokolliert habe, verändern sich noch immer im Echo meiner Sitzungen in der Terrassenkuppel.

Ich komme nicht umhin zu gestehen, dass ich mittlerweile auch eine Art übermächtige Wut auf meine Auftraggeber empfinde.

Sie brachten mich hierher an den unglaublichsten aller Orte, an dem ich so leichtblütig, aber auch so verängstigt wurde wie niemals zuvor in meinem Leben. Und dann ließen *sie* mich bis auf neurografische Kontakte, bei denen ich ausschließlich Audiosignale und eine Handvoll Speicherdateien erhielt, auf mich selbst gestellt.

Es fühlt sich beklemmenderweise so an, als hätten *sie* meinem Gehirn eine Sonderfunktion hinzugefügt, die nur während des direkten Kontakts mit *ihnen* aktiviert ist. Denn von den *Gesprächen* mit meinen Auftraggebern bleiben mir lediglich die Erinnerungen an Inhalte, die in direktem Bezug zu meiner Aufgabe stehen. Alles andere ist nicht mehr in meinem Gedächtnis vorhanden – oder nicht an der Stelle, an die es hingehört.

Ich gebe unumwunden zu, dass ich mir – wie von *ihnen* gewollt – ein eigenes Wissenspaket erarbeitete. Allerdings nur, um es dann unter dem Einfluss der Blüteperiode neu zu bewerten mit Resultaten, die mir schwer zu schaffen machen und die jetzt wie ein Gespenst vor mir stehen.

Und mittlerweile ist mir klar, dass auch *sie* auf die Frage nach dem Sinn und Ursprung von allem keine zufriedenstellende Antwort haben.

Während meiner Studien auf Tha hatte ich auf vielfältige Weise Informationen darüber erhalten, dass Menschen aller Religionen seit Anbeginn ihrer Geschichte daran geglaubt haben, dass sie gut und gottesfürchtig sein sollen, um nach ihrem Tode in ein ewiges Jenseits voll Freude und niemals endender Glückseligkeit einzugehen – ich muss an dieser Stelle offenlassen, ob dies jemals ein erstrebenswerter Zustand gewesen sein mag – und somit eine göttliche Bestrafung zu vermeiden.

Selbst für diejenigen, die sich spöttisch und abfällig über jeglichen Glauben äußerten, gab es oft einen Zeitpunkt im Leben, an dem keine Hilfe von niemandem zu erwarten war und in allergrößter Verzweiflung wurde der flehende Anruf an eine höhere Kraft unversehens zum einzig tröstenden Weg.

Wir alle – meine Zeitgenossen und ich selbst natürlich auch – sind beseelt von dem Bestreben, unser Leben in größtmöglicher Wahrhaftigkeit zu führen und wir wünschen uns, unserer Existenz einen Sinn zu verleihen, indem wir alles so gut verrichten, wie wir nur eben können. Deshalb glauben wir auch nicht mehr daran, dass wir einer Erlösung bedürfen. Aber falls sie dennoch erforderlich sein sollte, so möge sie gerechtfertigt sein.

Und jetzt sieht alles danach aus, als wäre es tatsächlich mir vorbehalten, eine kahle Wahrheit – falls sie es denn ist – zu erkennen?

Wir werden ausgesetzt in die unergründliche Struktur eines möglicherweise für alle Zeiten unbegreiflichen kosmischen Gebildes und bleiben auf uns alleine gestellt. Was nach unserem Tod mit uns geschieht, auf einer Ebene, in der alle uns bekannten Gesetzmäßigkeiten ihre Gültigkeit verlieren, ist wahrscheinlich noch geheimnisvoller als das, woran wir seit zig Tausenden von Generationen glauben. Und die Verweigerung des Zutritts zum Paradies ist womöglich nichts weiter als ein karges Ereignis. Wenn du den Glauben an ihn nicht findest, lässt er es nicht zu, dass du den Planeten entdeckst, auf dem das Geschöpf lebt, dessen Fähigkeiten es dir ermöglichen können, deine Heimatgalaxie zu verlassen?

Oder er gestattet es dir von vornherein erst gar nicht, den Zugang zur Terunalzone zu erkennen, und hält dich in deinem eigenen Sonnensystem gefangen?

Ich kann und will es nicht für möglich halten, dass unser Herr und Schöpfer als Resultat eines *Auswahlverfahrens* denjenigen, die keinen Glauben an ihn entwickeln, schlichtweg den Zugang zum Multiversum verweigert.

Ein derartiges *Verhalten* ist des Allmächtigen nicht würdig.

Oder unterliegen wir einem katastrophalen Irrglauben, wenn wir davon ausgehen, dass Gott grundsätzlich immer in gutem Sinne handeln muss? Und wer legt auf seiner Ebene fest, was gut ist und was nicht? Möglicherweise ist etwas, das wir in unserem Heimatuniversum als gut erachten, in Millionen anderen Universen von größtem Verderben.

Ich bin fest davon überzeugt, dass sich in mein Verständnis über diesen Punkt ein schwerwiegender Fehler manifestiert hat. Vielleicht reicht aber auch eine einzige Blüteperiode für uns Menschen nicht annähernd aus, um einen göttlichen Plan und Willen zu erkennen, und es steht eine tiefe Absicht dahinter, dass wir nur diese eine Blüteperiode lebend überstehen. Noch wahrscheinlicher ist allerdings, dass es uns niemals möglich sein wird, überhaupt irgendwelche Erkenntnisse hierüber zu erlangen. Denn völlig egal, in welche Richtung sich unsere Gedanken bewegen, letztlich denken wir immer nur mit dem Verstand eines Menschen.

Und ich bin mittlerweile kaum noch in der Lage zu beschreiben, wie sehr mich das unheimliche Wissen um unseren Parallelkörper mit ständig steigender Unsicherheit und Sorge erfüllt. Ich fühle mich nicht mehr so, als wäre ich in meinem Innersten mit mir selbst alleine, und manchmal habe ich das Gefühl, kurz davor zu stehen, den Verstand zu verlieren.

Wird sich alles auf eine nicht vorstellbare Weise verändern, während ich vergebens versuche, mich an denjenigen zu klammern, der ich auf Wernloga einmal war?

Wir müssen hinnehmen, dass die Natur des Multiversums sowie schlichtweg die Existenz von uns Menschen für uns unerklärlich bleibt, und sämtliche in unserer Geschichte darüber angestellten Philosophien und Spekulationen, sowie unsere kühnsten Fantasien werden beidem nicht im Entferntesten gerecht.

So halte ich persönlich es mittlerweile für möglich, dass das Multiversum nicht das ist, was es zu sein scheint ... und wir sind es auch nicht.

Seit Jahren gibt es ernsthafte Bestrebungen, den Grund für die Existenz der Menschheit ebenfalls als nicht zum Multiversum gehörend einzustufen. Und es ist in allen vergangenen Zeitaltern nicht annähernd gelungen, sinnvolle Erkenntnisse über die Geschehnisse jenseits der primären Singularitätslaminierung – die teilweise noch immer Planck-Zeit genannt wird – zu erlangen. Die Existenz einer allerersten Ursache, die nicht nur zur Entstehung unseres Universums, sondern auch zu der aller anderen geführt hat und möglicherweise noch führen wird, ist nicht nur nicht beweisbar, sie entzieht sich nach wie vor unseren Vorstellungen. Die mir durch die Blüteperiode zugewiesenen Erkenntnisse verleihen allem einen zusätzlichen bizarren Rahmen.

Ich durfte in diesem Zusammenhang etwas dazulernen, was für mich sowohl völlig unerwartet kam, als auch auf spektakuläre Weise meinen Geist erneut schmerzhaft und bis aufs Äußerste anspannte. Die von uns vor nicht ganz zweihundert Jahren unter Anleitung der Auftraggeber identifizierten Rotationsanker gibt es in jedem Universum. Sie sind nicht nur dafür verantwortlich, dass die Expansion der Strukturen nicht die Überhand gewinnt, sondern sie bringen sie ab einer gewissen Entropiestufe zur Umkehr und das jeweilige Universum zieht sich wieder zusammen. Demnach müsste es in der nahezu grenzenlosen Anzahl aller Universen auch eine nicht überschaubare Menge von Universen geben, die auf dem *Rückweg* zur Singularitätslaminierung sind. Meine Auftraggeber ließen mich wissen, dass genau dies der Fall ist. Und *sie* wollen mir einige Beispiele zeigen.

Und sollte sich tatsächlich alles auf nicht vorhersehbare Weise verändern – um diesen Ausdruck ein weiteres Mal zu bemühen –, wäre es ebenfalls möglich, dass gar nichts auch nur annähernd so ist, wie wir es gedacht haben. So, als wäre nicht Gottes Sohn auf der Erde gewandelt, sondern einer seiner Immobilienmakler.

Und obwohl ich nicht für möglich gehalten hätte, dass ich in noch größere Aufruhr versetzt werden kann, sind neue Erkenntnisse der letzten Tage dabei, auf dramatische Weise über mich herzufallen.

Denn erst jetzt, lange nach dem Ende der Blüteperiode, explodierte in mir – als würde ich vom Schlag getroffen – die Erinnerung, dass mein *neues Gehirn* sich nicht nur der Bedeutung der Bezeichnung *Schutzsubstanz* bewusst war, sondern sie auch in eine dazu gehörende, unbekannte Realitätsebene einzuordnen vermochte. Dabei entfesselte sich der faszinierende Gedanke, dass es sich bei dem seltsamen Begriff *Fonpo* um nichts weniger handelt, als das für alle Zeiten unüberwindbare Hindernis, welches den Durchgang zum Ereignishorizont der Lücke versperrt.

Ich muss mich damit abfinden, zu akzeptieren, dass die unglückselige und freudlose *Fonpo*-Datei eine von mir bislang nicht wahrgenommene zentrale Rolle im Gesamtverständnis einnimmt.

Und jetzt lässt es mich nicht mehr los, dass ich glaube und befürchte, ihre Urheber erkannt zu haben.

Ich bete, dass es nicht so ist, denn alles in mir sträubt sich dagegen, weil es unmöglich und undenkbar ist und unvereinbar mit allem, was wir kennen.

Aber ich bin sicher, die *Fonpo*-Datei wurde von Menschen verfasst.

Oberhalb des Dachturms und meiner Terrassenkuppel schwebt eine Verbindungsschale. Und ich weiß, sie ist nur und ausschließlich hier wegen mir.

Eine derartige Bedeutung, die in meine eigene Person hineingelegt wird, ist mir nicht mehr angenehm.

Ich bin ein Kind des *Silberspiegels* und habe zeit meines Lebens versucht, so viel Glück und Zufriedenheit zu erlangen und zu verbreiten, wie mir möglich war. Alles was ich getan habe, habe ich gerne und mit Passion getan. Ich weiß, dass ich ein exzellenter Navigationsarchitekt bin. Es fällt mir leicht, selbst die kompliziertesten konzeptionellen Zusammenhänge zur simpelsten erkennbaren Lösung zusammenzufassen und meine Navigationsgefüge suchen ihresgleichen.

Aber jetzt stehe ich vor der Entscheidung, alles hinter mir zurückzulassen, und zwar auf eine Weise, wie noch niemals jemand vor mir etwas zurücklassen musste.

Seit einigen Minuten ist die Terrassenkuppel meiner Unterkunft in strahlend blaues Licht getaucht. Das bedeutet, dass ich mich, sobald ich hinausgehe, unmittelbar in der Verbindungsschale wiederfinden werde und weniger als eine Minute später in der Raumgondel.

Ich nehme an, dass die Gondel ungefähr zwei Lichtjahre von Tha entfernt auf mich warten wird.

Eine derartige Entfernung ohne Sprunggenerator innerhalb einer einzigen Minute zurückzulegen ist auch für uns im Bereich des Machbaren, obwohl man sich dazu ungefähr eine Million Mal schneller fortbewegen muss, als das Licht.

Allerdings bringen meine Auftraggeber diese Leistung auf eine Art und Weise zustande, die sich niemand von uns auch nur entfernt vorstellen und erklären kann.

Wir haben von *ihnen* gelernt, dass im gesamten Multiversum ohne Terunalfixierung keine kontinuierliche Fortbewegung oberhalb der Lichtgeschwindigkeit möglich ist.

Eine Verbindungsschale verfügt jedoch über keinen Parallelkörper in der Terunalzone. Und seit einigen Tagen zwingt sich mir der anfangs groteske und jetzt immer sinnvoller werdende Gedanke auf, dass es gar nicht möglich ist, dass sie einen Parallelkörper besitzt ... weil sie selber einer ist.

Darüber hinaus gestatteten die Auftraggeber mir, zu wissen, dass weder Gondel noch Schale mit Sprunggeneratoren arbeiten.

Nicht zum Multiversum gehörend. So lautet die Klassifizierung gemäß der Theorie der Partikelfamilien für die Reflexion, den Nachthimmel auf Tha und die Auswirkungen der zweiten Stufe der Blüteperiode.

Noch ist es niemandem gelungen, exakt und zweifelsfrei zu definieren, was genau diese Klassifizierung aussagt.

Und ich lasse mich ein auf Zusammenkünfte mit Wesen, deren bloßes Erscheinen von uns ebenfalls in diese Klassifizierung eingeordnet wurde. Ich kann mir nicht mehr annähernd vorstellen, wie das enden soll.

Wenn *sie* nicht zum Multiversum gehören, wozu gehören *sie* dann?

Und wieso wollen *sie* etwas ausgerechnet von mir? Die Erklärungen, die ich für mich selber unter dem Einfluss der Sapientiae-Pflanze gefunden habe, reichen mir nicht mehr aus, um mein Leben aus der Hand zu geben. Egal für wen oder für was, noch habe ich nichts gefunden, wofür ich bereit wäre, zu sterben.

Ich werde meine Dateien übergeben und will sofort danach zurück in mein altes Leben.

Morgen reise ich zurück an meinen Heimatort.

Ich trete in das blaue Licht der Terrassenkuppel und bin übergangslos im Inneren der Verbindungsschale. Es fühlt sich erneut so an, als befände ich mich nicht in einem geschlossenen Raum, sondern innerhalb einer transparenten Wand.

Vor mir, beziehungsweise vor der Wand, erscheint die rätselhafte Struktur, die ich bereits bei meiner Abholung auf Wernloga wahrgenommen, aber nicht annähernd verstanden habe und von der mir erst jetzt wieder bewusst wird, dass ich sie nicht zum ersten Mal sehe.

Und ich erkenne erneut die fremdartigen Kommunikationsprägungen meiner Auftraggeber.

Es ist kurz nach Mitternacht. Ich bin zurück in meiner Unterkunft. Die Prozedur der Übergabe einschließlich der dazu erforderlichen Kommunikation hat ungefähr fünf Stunden gedauert, obwohl ich dachte, es wäre alles sehr viel schneller gegangen.

Heute Nacht wird es keinen Schlaf mehr für mich geben. Ich werde wohl noch eine geringfügige Veränderung in der ursprünglich von mir gewählten Konzeption des Beginns meiner Aufzeichnungen vornehmen, wobei ich hoffe, dass mir das in der Kürze der Zeit halbwegs gelingen wird, und anschließend muss ich – solange ich mich noch daran erinnere – soviel wie möglich von dem, was soeben geschehen ist, protokollieren. Dabei weiß ich bereits jetzt, dass es mir lediglich möglich sein wird, jene Teile der *Kommunikation* sinngemäß wiederzugeben, die mir gestattet werden.

Ich nutze diesen Moment der Aufruhr ebenfalls, um Ihnen, werter Leser, mit all meiner Kraft dafür zu danken, dass Sie mir zur Seite gestanden haben. Bei meiner Arbeit innerhalb der Projektion und auch während meiner Einsätze als Zielsimulator bin ich ständig auf mich alleine gestellt gewesen. Und auch die jetzt endlich abgeschlossene Protokollführung war eine einsame Tätigkeit – ganz genau so, wie es mir entspricht und wie ich es liebe. Aber Sie waren in den Tagen der Protokollführung mein Beistand. Ich weiß zu meiner eigenen Überraschung nicht, wie ich Ihnen sagen kann, was das für mich bedeutet hat.

Und ich spüre den unvergleichlichen Nachthimmel wie Feuer auf meinen Schultern.

»Ttrebi H*tr, Auftragnehmer und Navigationsbevollmächtigter, wir bitten dich ein weiteres Mal um Nachsicht dafür, dass wir dir nicht ermöglichen können, uns wahrzunehmen. Es gibt nur einen einzigen Ort, an dem dir das voraussichtlich gelingen kann. Dieser Ort ist der Zenit, in dem alle Realitäten sich zusammenfügen.

Aber wir wissen auch, dass die Erinnerung daran, dass wir dir diese Information bereits bei unserer ersten Begegnung anvertraut haben, sich sehr schnell verflüchtigt hat und dir nicht mehr frei zugänglich ist.

Der Realitätsentwurf, dem wir angehören, kann von deinen Sinnesorganen nicht erfasst werden. Bitte versuche nicht, all das zu verstehen, sondern akzeptiere, dass es auf der dir zur Verfügung stehenden Realitätsebene für das, was wir sind, keine Interpretation gibt.«

Ich weiß, dass der Moment der Entscheidung bevorsteht und ich fühle mich wie gelähmt. Es kostet mich höchste Überwindung, etwas zu sagen oder zu denken und meine Stimme ist schal und fremd.

»Wie sich in den letzten Tagen herausgestellt hat, bin ich mit der entstandenen Situation völlig überfordert und ich weiß nicht mehr weiter. Ich habe Fragen über Fragen und ich benötige weit mehr als nur Antworten. Werde ich heute mehr als nur Antworten erhalten?«

»Wir erkennen an der Struktur deiner Ausstrahlung, dass du erwartungsgemäß in eine Krise eingetreten bist. Hier und jetzt ist in der Tat der Zeitpunkt, alle Fragen zu überwinden. Bitte formuliere deine Fragen, damit du sie endgültig hinter dir zurücklassen kannst.«

Weshalb habe ich denn keine Fragen vorbereitet? Weshalb habe ich überhaupt nichts vorbereitet? Weshalb muss ich in einer derartigen Situation improvisieren?

»Aber es gibt noch etwas, das wichtiger ist, als meine Fragen. Und damit muss ich beginnen. Ich habe Angst ... und zwar so deutlich, aber auch undefinierbar, dass ich es kaum noch ertragen kann. Bitte sagt mir, muss ich mich fürchten?«

Weshalb haben *sie* mir diese merkwürdigen Dateien zur Verfügung gestellt? Was wollten *sie* damit bezwecken? Weshalb sollte ich Einblicke erhalten, die nur dazu führen, dass ich zutiefst verunsichert werde?

»Nein, denn es kann dir nichts Schlimmes widerfahren.«

»Was wäre denn das Schlimmste, das mir widerfahren könnte?«

Oh Gott, was ist das für eine Frage? Ich hätte genauso gut sagen können »Bitte tut mir nicht weh«.

»Das Schlimmste, das dir und auch uns widerfahren könnte, wäre, dass wir ihn finden.«

»Aus welchem Grund wäre das schlimm?«

»*Wenn wir ihn finden können, ist er nicht der, den wir suchen.*«

Mir entgleitet das Verständnis.

»Und was wäre das Beste, das mir oder uns widerfahren könnte?«

»*Dass wir ihn nicht finden.*«

»Das verstehe ich nicht. Wieso sollen wir uns auf eine Suche begeben, wenn es ohnehin besser ist, nicht zu finden?«

»*Ob wir ihn finden, oder nicht, würden wir in beiden Fällen als Bestätigung dafür anerkennen, dass wir erwartet wurden. Und auch, wenn du es möglicherweise noch nicht vollständig verstehen kannst, ist es das, was wir in Erfahrung bringen müssen. Aber das ist nicht die Frage, deren Beantwortung du dir so sehr herbeisehnst und vor der du gleichzeitig zurückschreckst.*«

»Ja, das ist wahr. Es ist noch nicht lange her, da war uns Menschen die Existenz unserer Parallelkörper nicht bekannt. Und jetzt bin ich der einzige Mensch überhaupt, der die schwere Last dieses ungeheuerlichen Wissens auf sich spürt. Ich akzeptiere, dass ich euch nicht wahrnehmen kann, aber ihr müsst mir ermöglichen, zu erkennen, weshalb ihr glaubt oder wisst, dass es ausgerechnet mein Parallelkörper ist, der bei eurer Suche von Bedeutung sein kann.«

»*Das Konzept des Glaubens oder Wissens kommt hier nicht zur Anwendung. Du hast die dir übertragene Aufgabe exzellent bewältigt und dich einigen außergewöhnlichen, wenn auch teilweise für dich unliebsamen Erkenntnissen ausgesetzt.*

Wir kommen jedoch nicht umhin, dir mitzuteilen, dass dir die letzte und entscheidendste Erkenntnis von allen noch fehlt. Diese Erkenntnis ist von elementarster Bedeutung, damit du dich auf deine vor dir liegende Aufgabe einlassen kannst.

Du wirst sie nicht aus eigener Kraft erlangen und wir werden dich nicht mehr angemessen auf sie vorbereiten können. Deshalb musst du uns jetzt einmal mehr deine ungeteilte Aufmerksamkeit zuwenden und dich dem stellen, was geschehen ist.

Vor unserer ersten Begegnung hat sich etwas auch für uns Unvorhersehbares und zutiefst Eigentümliches ereignet. Etwas Vergleichbares ist bislang nur ein einziges Mal vor weit entfernten Komponenten von dem, was ihr als Zeit wahrnehmt, gesche-

hen, und es ist erforderlich, dass du die folgende Wahrheit ohne zu zweifeln entgegennimmst.«

Ich will es nicht hören! Ich will fort von hier!

»Nicht wir haben unser Treffen mit dir herbeigeführt.«

Nein!

»Und nicht wir haben dich gefunden.«

Oh Gott ...!

»Deine konsekutive Existenz ist der Ausgangspunkt. Sie hat mit uns Kontakt aufgenommen und sie ist der Grund dafür, dass du jetzt hier bist.

Und ja, wie du bereits erwartet hast, werden wir uns auf eine Reise begeben und wir vertrauen darauf, dass du uns begleiten wirst.

Komm mit uns und fürchte dich nicht!«

Ende der verfügbaren Aufzeichnungen

Ein neuer Prolog?

Sehr viel ... später ... und anderswo ...

Elfte Familie der Zeichner

In der Dunkelzeit nach oben zu schauen war von jeher mit schlimmster Furcht verbunden. Alle Generationen haben solange wir denken können geglaubt, dass wir beobachtet werden, als Strafe für etwas, an das niemand mehr eine Erinnerung hat.
Nach dem Fund wurde das anders.

Verkündet durch Breg,
Dritter Fährtenzeichner

Der Fund

... es war eine ganz normale Lichtzeit und wir waren auf der Jagd.

Nerbo ist dagegen gestoßen und danach haben alle im linken Kranz die Stimme gehört.

Später stellten wir fest, dass das Ding, das nicht größer war als ein Trinkbeutel, drei dicke Punkte hatte.

Wenn wir den ersten Punkt mit einem Greif berührten, begann die Stimme. Beim zweiten Punkt hörte sie wieder auf. Bei der Berührung des dritten Punktes war wie aus Zauber eine kleine Kuppel um uns herum, mit fremden Zeichen an den Wänden. Wir wussten nicht, wieso, aber wir konnten sie erkennen. Und sie waren gleich mit der Stimme.

Alles dauerte eine halbe Lichtzeit, dann hörte es auf. Wenn wir die Punkte erneut berührten, begann alles wieder von vorne.

Wir ließen die Stimme wieder und wieder in unseren Kränzen sprechen und wir brachten sie zu allen anderen, die wir kannten.

Das Zuhören hatte eine tiefe Wirkung, obwohl die Stimme fremde Geschichten erzählte, die wir nicht oder kaum verstanden.

Was wir aber ganz verstanden, war, dass auch der, zu dem die Stimme gehörte, die *Beobachtung von oben* während der Dunkelzeit kannte.

In wenigen Lichtzeiten begann die Abkühlung, und bevor die Höhlen verschlossen wurden, ließen wir die Stimme noch einmal zu uns sprechen.

Im Halbdunkel der verschlossenen Höhlen sprach sie immer nur für kurze Zeit, um dann zu verstummen. Zu Beginn der Erwärmung und nach Ablauf der ersten Lichtzeit danach begann sie wieder zu sprechen.

Das, was sie sagte, war immer gleich ... und sie begann immer mit dem gleichen seltsamen Wort ...

FONPO